Pendo

THERE IS NO REASON
GOOD
CAN'T TRIUMPH
OVER EVIL,
IF ONLY ANGELS
WILL
GET ORGANIZED
ALONG THE
LINES
OF THE MAFIA.

Es gibt keinen Grund,
weshalb das Gute
nicht das Böse besiegen sollte,
sobald die Engel sich endlich
gemäß Mafia-Richtlinien
organisieren.

Kurt Vonnegut

MANN OHNE LAND

Aus dem amerikanischen Englisch
von Harry Rowohlt

Pendo München und Zürich

Inhalt

*

OH, A LION HUNTER
IN THE JUNGLE DARK,
AND A SLEEPING DRUNKARD
UP IN CENTRAL PARK,
AND A CHINESE DENTIST
AND A BRITISH QUEEN
ALL FIT TOGETHER
IN THE SAME MACHINE.
NICE, NICE,
SUCH VERY DIFFERENT
PEOPLE IN THE SAME
DEVICE!

— BOKONON

Oh, der Löwenjäger
Im Urwald so tief,
Der Penner, samt Steinhäger,
Der im Stadtpark schlief,
Und ein chinesischer Zahnarzt
und eine britische Queen –
Alle passen zusammen
In ein und dieselbe Maschin'.
Oh, wie fein,
Oh, wie fein,
So verschiedene Menschen
Gehen in ein und dieselbe
Erfindung hinein!

– Bokonon

1

Als Kind war ich das jüngste Familienmitglied, und das jüngste Kind in jeder Familie ist immer ein Witzemacher, denn ein Witz ist das einzige Mittel, je in ein erwachsenes Gespräch einzusteigen. Meine Schwester war fünf Jahre älter als ich, mein Bruder war neun Jahre älter als ich, und meine Eltern redeten beide gern. Deshalb habe ich beim Essen, als ich noch sehr jung war, all diese anderen Leute gelangweilt. Sie wollten die dummen kindischen Neuigkeiten darüber, wie ich meine Tage verbracht hatte, nicht hören. Sie wollten über richtig wichtiges Zeug sprechen, das in der Schule oder vielleicht im College oder auf der Arbeit passierte. Deshalb war der einzige Weg ins Gespräch der, etwas Komisches zu sagen. Ich glaube, ich muß es zuerst aus Versehen getan haben, habe einfach aus Versehen ein Wortspiel gemacht, das die Konversation ins Stocken brachte, so was in der Art. Und dann fand ich heraus, daß man mit einem Witz in ein erwachsenes Gespräch eindringen kann.

Ich wuchs zu einer Zeit auf, als in diesem Land die Comedy überragend war – es herrschte die Große Depression. Im Radio gab es eine große Anzahl absolut spitzenmäßiger Komiker. Und ohne das vorgehabt zu haben, habe ich sie durchaus studiert. Ich habe meine gesamte Jugend hindurch jeden Abend mindestens eine Stunde lang Comedy gehört, und es hat mich sehr interessiert, was Witze waren und wie sie funktionierten.

Wenn ich komisch bin, versuche ich, nicht zu kränken. Ich glaube nicht, daß vieles von dem, was ich gemacht habe, wirklich schlimm geschmacklos war. Ich glaube nicht, daß ich viele Menschen in Verlegenheit gebracht oder bekümmert habe. Die einzigen Schocks, die ich verwende, bestehen in einem gelegentlichen obszönen Wort. Manches ist nicht komisch. Ich kann mir zum Beispiel kein humoristisches Buch oder einen lustigen Sketch über Auschwitz vorstellen. Und es ist mir unmöglich, einen Witz über den Tod von John F. Kennedy oder Martin Luther King zu reißen. Sonst fällt mir kein Thema ein, von dem ich mich fernhalten würde, mit dem ich nichts anfangen könnte. Totale Katastrophen sind schrecklich amüsant, wie Voltaire demonstrierte. Das Erdbeben in Lissabon ist nämlich tatsächlich komisch.

Ich habe die Zerstörung von Dresden gesehen. Ich habe die Stadt vorher gesehen und kam dann aus dem Luftschutzkeller und habe sie nachher gesehen, und eine Reaktion war ganz bestimmt Gelächter. Das ist, weiß Gott, die Seele, die etwas Erleichterung sucht.

Jedes Thema ist ein Thema für Gelächter, und ich nehme an, es gab Gelächter der sehr entsetzlichen Art bei den Opfern in Auschwitz.

Humor ist eine fast physiologische Reaktion auf Angst. Freud sagte, Humor sei eine Reaktion auf Frustration – eine von mehreren. Ein Hund, sagte er, wird, wenn er nicht durch ein Gatter kommt, anfangen zu kratzen und zu graben und sinnlos zu agieren, vielleicht zu knurren oder was, um mit Frustration oder Überraschung oder Angst fertig zu werden.

Und ganz schön viel Gelächter wird durch Angst hervorgerufen. Ich habe vor Jahren an einer komischen Fernsehserie mitgewirkt. Wir versuchten, eine Sendung hinzukriegen, in der, als Grundprinzip, in jeder Folge der Tod erwähnt wurde, und dieses Ingrediens sollte jedes Gelächter vertiefen, ohne daß dem Publikum bewußt wurde, wie wir dröhnendes Gelächter erzielten.

Es gibt eine oberflächliche Art von Gelächter. Bob Hope war zum Beispiel kein echter Humorist. Er war Komiker mit äußerst dünnem Material und hat nie etwas Beunruhigendes erwähnt. Über Laurel und Hardy dagegen habe ich mich krankgelacht. Da ist irgendwo schreckliche Tragödie drin. Diese Männer sind zu gutherzig, um in dieser Welt zu überleben, und sie schweben ständig in furchtbarer Gefahr. Sie könnten so leicht ums Leben kommen.

*

Sogar die schlichtesten Witze basieren auf winzigen Zuckungen der Angst, wie zum Beispiel die Frage: »Was ist das Weiße in Vogelkacke?« Der Gasthörer, als müßte er in der Schule ein Gedicht aufsagen, hat kurz Angst davor, etwas Dummes zu sagen. Wenn der Gasthörer die Antwort erfährt, welche »Ebenfalls Vogelkacke!« lautet, vertreibt er die automatische Angst mit Gelächter. Er ist nun doch nicht geprüft worden.

»Warum tragen Feuerwehrleute rote Hosenträger?« Und: »Warum wurde George Washington neben einem Hügel bestattet?« Und immer so weiter.

Wohl wahr, es gibt so etwas wie lachlose Witze, was Freud Galgenhumor nannte. Es gibt eben Situationen im wirklichen Leben, die so hoffnungslos sind, daß keinerlei Erleichterung vorstellbar ist.

Während wir in Dresden bombardiert wurden und mit den Armen über dem Kopf in einem Keller saßen, falls die Kellerdecke herunterkam, sagte ein Soldat wie eine Herzogin in einem Herrenhaus in einer kalten Regennacht: »Ich frage mich, was die armen Leute heute nacht machen.« Niemand lachte, aber wir waren trotzdem alle froh, daß er es gesagt hatte. Immerhin lebten wir noch! Und er hatte es bewiesen.

*

I WANTED ALL
THINGS TO SEEM TO
MAKE SOME SENSE,
SO WE COULD ALL BE
HAPPY, YES, INSTEAD
OF TENSE. AND I
MADE UP LIES, SO
THEY ALL FIT NICE,
AND I MADE THIS
SAD WORLD A
PARADISE.

Ich wollte, daß alles
wär' sinnvoll auf Dauer,
und wir wären froh nur,
anstatt ständig sauer.
Und ich erfand Lügen,
mitunter ganz mies,
und diese trübe Welt
war ein Paradies.

2

Wissen Sie, was ein Twerp ist? Als ich vor 65 Jahren in die Shortridge High School in Indianapolis ging, war ein Twerp ein Typ, der sich eine Zahnprothese in den Hintern steckte und die Knöpfe vom Polster auf dem Rücksitz eines Taxis abbiß. (Und ein Snarf war ein Typ, der an den Sätteln von Damenfahrrädern schnüffelte.)

Und ich betrachte jeden als Twerp, der die großartigste amerikanische Kurzgeschichte nicht gelesen hat, nämlich »Vorfall an der Brücke über den Owl Creek« von Ambrose Bierce. Sie ist nicht im mindesten politisch. Sie ist ein makelloses Beispiel für amerikanisches Genie, wie »Sophisticated Lady« von Duke Ellington oder der Franklin-Ofen.

Ich betrachte jeden als Twerp, der *Demokratie in Amerika* von Alexis de Tocqueville nicht gelesen hat. Es kann gar kein besseres Buch als dies über die Stärken und Verletzbarkeiten geben, die unserer Regierungsform innewohnen.

Wollen Sie einen Vorgeschmack auf dieses großartige Buch? Er sagt, und er hat das vor 169 Jahren gesagt, daß in keinem anderen Land die Liebe zum Geld stärker Besitz von den Zuneigungen des Menschen ergriffen hat als dem unseren. Okay?

Der französisch-algerische Schriftsteller Albert Camus, der im Jahre 1957 den Nobelpreis für Literatur erhielt, schrieb: »Es gibt nur ein wirklich ernsthaftes philosophisches Problem, und das ist der Selbstmord.«

Also wieder reichlich Stoff zum Lachen aus der Literatur. Camus starb bei einem Autounfall. Seine Daten? A. D. 1913–1960.

Ist Ihnen klar, daß alle große Literatur – *Moby Dick, Huckleberry Finn, In einem andern Land, Der scharlachrote Buchstabe, Das rote Siegel des Muts, Die Ilias* und *Die Odyssee, Schuld und Sühne, Die Bibel* und »Der Angriff der Leichten Brigade« – ausschließlich davon handeln, wie gräßlich es ist, ein menschliches Wesen zu sein? (Ist es nicht ausgesprochen erleichternd, wenn das mal jemand sagt?)

Die Evolution kann, soweit es mich betrifft, zur Hölle fahren. Was sind wir doch für ein Fehler. Wir haben diesen süßen, lebenserhaltenden Planeten – den einzigen in der ganzen Milchstraße – mit einem Jahrhundert Straßenverkehrsrabatz tödlich verwundet. Unsere Regierung führt einen Krieg gegen Drogen, ja? Dann sollten sie das Petroleum bekämpfen. Das ist doch wirklich ein zerstörerisches High! Man füllt etwas von dem Kram in sein Auto und kann mit hundertsechzig km/h dahinrasen, den Hund des Nachbarn überfahren und die Atmosphäre in kleine Stücke reißen. Hey, solang wir sowieso *homo sapiens* sind, warum herumblödeln? Machen wir doch den ganzen Laden kaputt. Hat jemand eine Atombombe? Wer hat heutzutage keine Atombombe?

Aber eins muß ich zur Verteidigung der Menschheit sagen: Egal, in welcher geschichtlichen Ära, einschließlich des Garten Edens, hat es jeder geschafft, hier anzukommen. Und, außer im Garten Eden, wurden bereits all diese Spielchen gespielt, die einen verrückt agieren ließen, auch wenn man ursprünglich gar nicht verrückt war. Einige der verrücktmachenden Spielchen, die heute laufen, sind Liebe und Haß, Linksliberalismus und Konservatismus, Automobile und Kreditkarten, Golf und Basketball für Mädchen.

*

Ich bin einer der Menschen von Amerikas Großen Seen, ich gehöre zu Amerikas Süßwasservolk, keinem ozeanischen, sondern einem kontinentalen Volk. Immer wenn ich in einem Ozean schwimme, komme ich mir vor, als schwömme ich in Hühnersuppe.

Wie ich waren viele amerikanische Sozialisten Süßwassermenschen. Die meisten Amerikaner wissen nicht, was die Sozialisten in der ersten Hälfte des vergangenen Jahrhunderts mit der Kunst, der Beredsamkeit, mit Organisationsvermögen taten, um die Selbstachtung, die Würde und den politischen Scharfsinn der amerikanischen Lohnabhängigen, unserer Arbeiterklasse, zu befördern.

Daß Lohnabhängige, ohne gesellschaftlichen Status oder höhere Bildung oder Wohlstand von minderem Intellekt wären, wird schlüssig durch die Tatsache widerlegt, daß zwei der glänzendsten Schriftsteller und Sprecher über die tiefgründigsten Themen der amerikanischen Geschichte autodidaktische Arbeiter waren. Ich spreche natürlich von Carl Sandburg, dem Dichter aus Illinois, und Abraham Lincoln aus Kentucky, dann Indiana und schließlich Illinois. Beide, darf ich sagen, waren kontinentale Süßwassermenschen wie ich. Ein weiterer Süßwassermensch und glänzender Redner war der Präsidentschaftskandidat der Sozialistischen Partei, Eugene Victor Debs, ein früherer Lokomotivheizer, der in eine Mittelschichtfamilie in Terre Haute, Indiana, hineingeboren worden war.

Ein Hurra auf unsere Mannschaft!

»Sozialismus« ist kein böseres Wort als »Christentum«. Der Sozialismus hat Josef Stalin und seine Geheimpolizei und die verrammelten Kirchen nicht heftiger verordnet, als das Christentum die spanische Inquisition vorschrieb. Tatsächlich schreiben Christentum wie Sozialismus eine Gesellschaft vor, die der These verpflichtet ist, daß alle Männer, Frauen und

Kinder gleich geschaffen sind und nicht verhungern sollen.

Adolf Hitler versprach übrigens zwei zum Preis von einem. Er nannte seine Partei national-sozialistisch, Nazis eben. Hitlers Hakenkreuz war kein heidnisches Symbol, wie so viele Menschen glauben. Es war das christliche Kreuz des arbeitenden Menschen, aus Äxten hergestellt, aus Werkzeugen.

Zu Stalins verrammelten Kirchen und zu den verrammelten Kirchen im China von heute: Diese Unterdrückung war angeblich durch Karl Marx' Aussage »Religion ist Opium für das Volk« gerechtfertigt. Marx hat das im Jahre 1844 gesagt, als Opium und Opiumderivate die einzigen schmerzstillenden Mittel waren, die allgemein zugänglich waren. Marx hatte sie selbst genommen. Er war dankbar für die vorübergehende Linderung, die sie ihm verschafft hatten. Er stellte einfach fest, ohne dies im mindesten zu verurteilen, daß Religion für Menschen in wirtschaftlichen oder gesellschaftlichen Nöten auch tröstlich sein konnte. Es war eine beiläufige Binse, kein Diktum.

Übrigens hatten wir, als Marx diese Worte schrieb, noch nicht einmal unsere Sklaven freigelassen. Was glauben Sie, wer kam damals in den Augen eines gnädigen Gottes besser weg, Karl Marx oder die Vereinigten Staaten von Amerika?

Stalin nahm Marx' Binsenweisheit gern als Dekret, und chinesische Tyrannen taten das genauso gern, weil es sie, wie es schien, dazu ermächtigte, Predigern das Geschäft zu verderben, die schlecht von ihnen oder ihren Zielen sprechen konnten.

Die Feststellung hat auch in diesem Land viele dazu gebracht, mit, wie sie glaubten, voller Berechtigung zu sagen, Sozialisten seien antireligiös und deshalb absolut abscheuerregend.

Ich habe Carl Sandburg oder Eugene Victor Debs nie kennengelernt und bedaure das sehr. Ich hätte in Gegenwart solcher Nationalschätze keinen Ton herausgebracht.

Einen Sozialisten ihrer Generation habe ich aber kennengelernt – Powers Hapgood aus Indianapolis. Er war ein typischer bohnenfressender Indiana-Idealist. Der Sozialismus ist idealistisch. Hapgood war, wie Debs, ein Mittelschichtler, der fand, es könnte in diesem Land mehr ökonomische Gerechtigkeit geben. Er wollte ein besseres Land, das ist alles.

Nachdem er in Harvard Examen gemacht hatte, arbeitete er als Bergarbeiter und beschwor seine proletarischen Klassengenossen, sich gewerkschaftlich zu organisieren, um bessere Bezahlung und sicherere Arbeitsbedingungen erstreiten zu können. Außerdem führte er bei der Hinrichtung der Anarchisten Nicola Sacco und Bartolomeo Vanzetti in Massachusetts im Jahre 1927 den Protestzug an.

Hapgoods Familie besaß eine erfolgreiche Konservenfabrik in Indianapolis, und als Powers Hapgood sie erbte, übergab er sie der Belegschaft, die sie ruinierte.

Wir haben uns nach Ende des Zweiten Weltkriegs in Indianapolis kennengelernt. Er war CIO-Vertreter geworden. Bei einer Streikpostenkette war es zu einem Handgemenge gekommen, er sagte dazu vor Gericht aus, als ihn der Richter unterbricht und ihn fragt: »Mr. Hapgood, hier sind Sie, Sie sind Harvard-Absolvent. Wie kommt jemand mit Ihren Privilegien darauf, so ein Leben zu führen, wie Sie es tun?« Hapgood antwortete dem Richter: »Warum? Wegen der Bergpredigt, Sir.«

Und gleich noch mal: Ein Hurra auf unsere Mannschaft.

*

Ich stamme aus einer Künstlerfamilie. Hier bin ich und verdiene meinen Lebensunterhalt mit Kunst. Es war keine Rebellion. Es ist, als hätte ich die Esso-Tankstelle der Familie übernommen. Meine Vorfahren waren alle künstlerisch tätig, deshalb verdiene ich meinen Lebensunterhalt nach Art der Familie.

Aber mein Vater, der Maler und Architekt war, wurde von der Depression so tief verletzt und konnte sich seinen Lebensunterhalt nicht verdienen, daß er fand, ich sollte nichts mit den Künsten zu tun haben. Er warnte mich und machte mir angst vor den Künsten, weil er sie als untaugliches Mittel zur Geldbeschaffung empfand. Er sagte mir, aufs College könne ich nur, wenn ich etwas Ernsthaftes, etwas Praktisches studierte.

Als Student in Cornell wählte ich Chemie als Hauptfach, weil mein Bruder als Chemiker eine große Nummer war. Kritiker finden, man kann kein ernstzunehmender Künstler sein und gleichzeitig eine technische Ausbildung genossen haben, was ich hatte. Ich weiß, daß die Englische Fakultät in Universitäten immer schon, ohne zu wissen, was sie da tut, Angst und Schrecken vor dem Ingenieurs-, dem Physik- und dem Chemiestudium lehrt. Und diese Furcht, glaube ich, wird von der Kritik übernommen. Die meisten unserer Kritiker sind Produkte der Englischen Fakultäten und hegen einen tiefen Argwohn gegenüber jedem, der sich für Technik interessiert. Ich war also jedenfalls Student mit Chemie als Hauptfach, aber ständig lande ich als Lehrer in Englisch-Fakultäten, und deshalb habe ich naturwissenschaftliches Denken in die Literatur eingebracht. Damit rufe ich sehr wenig Dankbarkeit hervor.

Ich wurde ein sogenannter Science-Fiction-Autor, als jemand befand, ich sei Science-Fiction-Autor. Ich wollte nicht als Science-Fiction-Autor eingeordnet werden und fragte mich, wie ich Anstoß erregt hatte, daß man mir nicht die Ehre erweist, mich als ernsthaften Autor zu bezeichnen. Ich entschied, daß es daran lag, daß ich über Technik schrieb, und die meisten amerikanischen Schriftsteller verstehen nichts von Technik. Ich wurde ganz einfach als Science-Fiction-Autor eingestuft, weil ich über Schenectady, New York, schrieb. Mein erstes Buch, *Player Piano*, handelte von Schenectady. In Schenectady gibt es große Fabriken und sonst nichts.

Meine Kollegen und ich waren Ingenieure, Physiker, Chemiker und Mathematiker. Und als ich über die Firma General Electric und Schenectady schrieb, kam das Kritikern, die den Ort noch nie gesehen hatten, wie eine Phantasie aus der Zukunft vor.

Ich finde, daß Romane, in denen keine Technik vorkommt, das Leben so schlimm verfälscht darstellen wie die Viktorianer, bei denen kein Sex vorkam.

*

1968, in dem Jahr, in dem ich *Schlachthof fünf* schrieb, war ich endlich erwachsen genug geworden, über die Bombardierung Dresdens zu schreiben. Sie war das größte Massaker in der europäischen Geschichte. Natürlich weiß ich über Auschwitz Bescheid, aber ein Massaker ist etwas, das plötzlich geschieht, das Töten einer großen Anzahl von Menschen in sehr kurzer Zeit. In Dresden wurden am 13. Februar 1945 in einer Nacht etwa 135 000 Menschen von britischen Brandbombardements umgebracht.

Es war reiner Unsinn, zwecklose Zerstörung. Die ganze Stadt wurde abgebrannt, und es war eine britische Greueltat, nicht unsere. Sie haben Nachtbomber reingeschickt, und sie kamen und fackelten eine ganze Stadt mit einer neuen Art von Brandbombe ab. Und so wurde alles Organische, außer meiner kleinen Gruppe von Kriegsgefangenen, vom Feuer verschlungen. Es war ein militärisches Experiment, um herauszufinden, ob man eine ganze Stadt niederbrennen kann, indem man Brandbomben über sie verstreut.

Als Kriegsgefangene haben wir natürlich nicht zu knapp mit toten Deutschen zu tun gehabt, sie aus Kellern ausgegraben, weil sie dort erstickt waren, und auf einen großen Scheiterhaufen geschafft. Und ich habe gehört – mit eigenen Augen gesehen habe ich es nicht –, daß diese Prozedur bald aufgegeben wurde, weil sie zu langsam war und die Stadt natürlich anfing, ziemlich schlecht zu riechen. Und sie haben Jungs mit Flammenwerfern reingeschickt.

Warum meine Mitkriegsgefangenen und ich nicht umgebracht wurden, weiß ich nicht.

1968 war ich Schriftsteller. Ich war Lohnschreiberling. Ich hätte alles geschrieben, um Geld zu verdienen, wißt ihr. Und was soll's, ich hatte dieses Ding gesehen. Ich hatte es überstanden, und deshalb wollte ich ein Lohnschreiberlingbuch über Dresden schreiben. Ihr wißt schon, die Sorte, die verfilmt wird, und Dean Martin und Frank Sinatra und die anderen spielen dann uns. Ich versuchte zu schreiben, aber ich kriegte es einfach nicht hin. Ich schrieb nur Kacke.

Also ging ich einen Freund besuchen – Bernie O'Hare, der mein Kumpel gewesen war. Und wir versuchten, uns an komisches Zeug über unsere Zeit als Kriegsgefangene in Dresden zu erinnern, abgebrühte Sprüche und all so was, Zeug, aus dem man einen prima Kriegsfilm machen konnte. Und seine Frau, Mary O'Hare, hatte irgendwann die Schnauze voll. Sie sagte: »Ihr wart damals doch noch Babys.«

Und das stimmt bei Soldaten. Sie sind tatsächlich Babys. Sie sind keine Filmstars. Sie sind nicht »Duke« Wayne. Und mir das klarzumachen war der Schlüssel, endlich war ich frei, die Wahrheit zu sagen. Wir waren Kinder, und der Untertitel von *Schlachthof fünf* lautete *Der Kinderkreuzzug*.

Warum habe ich dreiundzwanzig Jahre gebraucht, um aufzuschreiben, was ich in Dresden erlebt hatte? Wir kamen alle mit Geschichten nach Hause, und wir wollten alle, so oder so, Kapital draus schlagen. Und was Mary O'Hare eigentlich sagte, war: »Warum sagt ihr nicht zur Abwechslung mal die Wahrheit?«

Nach dem Ersten Weltkrieg schrieb Ernest Hemingway eine Geschichte mit dem Titel »Soldaten zu Haus«, in der es darum ging, daß es sehr unhöflich war, einen Soldaten zu fragen, was er gesehen hatte, wenn er zurück nach Hause kam. Ich glaube, viele, mich eingeschlossen, machten dicht, wenn ein Zivilist nach der

Schlacht, nach dem Krieg fragte. Das war Mode. Eine der eindrucksvollsten Methoden, seine Kriegsgeschichte zu erzählen, ist, daß man sich weigert, sie zu erzählen, wißt ihr. Dann mußten sich die Zivilisten alle möglichen tollkühnen Heldentaten vorstellen.

Aber ich glaube, der Vietnamkrieg hat mich und andere Schriftsteller befreit, weil er unsere Führung und unsere Motive so vergammelt und zutiefst dumm aussehen ließ. Wir konnten endlich über etwas Schlechtes sprechen, das wir den schlechtesten Menschen angetan hatten, die man sich nur vorstellen konnte, den Nazis. Und was ich gesehen hatte, was ich zu berichten hatte, ließ den Krieg so häßlich aussehen. Wißt ihr, die Wahrheit kann echt starker Tobak sein. Man erwartet das gar nicht.

Natürlich war ein weiterer Grund, nicht über den Krieg zu sprechen, der, daß er etwas Unsägliches ist.

*

FUNNIEST JOKE
IN THE WORLD:
"LAST NIGHT I
DREAMED
I WAS EATING
FLANNEL CAKES.
WHEN I WOKE UP
THE BLANKET WAS
GONE!"

Komischster Witz
der Welt:
»Gestern nacht habe
ich geträumt,
ich esse
gedeckten Apfelkuchen.
Als ich aufwachte,
war die Bettdecke
weg!«

3

Hier kommt eine Lektion in Kreativem Schreiben.

Erste Regel: Benutzt keine Semikola. Sie sind hermaphroditische Transvestiten, die absolut nichts bedeuten. Sie bedeuten höchstens, daß ihr auf dem College wart.

Und mir ist klar, daß einige von euch nicht immer wissen, ob ich Spaß mache oder nicht. Deshalb werde ich euch von jetzt an sagen, wenn ich Spaß mache.

Geht z. B. zur Nationalgarde oder zu den Marines und lehrt dort Demokratie. Hab nur Spaß gemacht.

Bald werden wir von Al-Qaida angegriffen. Schwenkt Fahnen, wenn ihr welche habt. Das scheint sie immer zu verscheuchen. Hab nur Spaß gemacht.

Wenn ihr eure Eltern wirklich quälen wollt und nicht den Nerv habt, schwul zu werden, könnt ihr es zumindest mit den Schönen Künsten versuchen. Hab keinen Spaß gemacht. Mit der Kunst kann man sich keinen Lebensunterhalt verdienen. Sie ist eine sehr menschliche Methode, das Leben erträglicher zu machen. Eine Kunst auszuüben, egal, wie gut oder schlecht, ist eine Methode, die Seele wachsen zu lassen, verdammtnochmal. Singt unter der Dusche. Tanzt zur Musik im Radio. Erzählt Geschichten. Schreibt jemand Liebem ein Gedicht, gern auch ein lausiges. Macht es so gut, wie ihr nur irgend könnt. Ihr werdet eine Riesenbelohnung dafür kriegen. Ihr werdet etwas geschaffen haben.

*

Ich möchte euch an etwas beteiligen, was ich gelernt habe. Ich werde es auf die Wandtafel hinter mir zeichnen, damit ihr leichter folgen könnt [*zeichnet eine senkrechte Linie auf die Tafel*]. Das ist die G-P-Achse: Glück – Pech. Tod und schreckliche Armut, Krankheit hier unten – großer Wohlstand, unverwüstliche Gesundheit hier oben. Der Durchschnitt ist hier in der Mitte [*zeigt jeweils auf das untere und das obere Ende und auf die Mitte der Linie*].

Dies ist die A-E-Achse. A für Anfang, E für Entropie. Okay. Nicht jede Geschichte hat diese sehr einfache, sehr hübsche Form, die sogar ein Computer verstehen kann [*zeichnet waagerechte Linie, die von der Mitte der G-P-Achse ausgeht*]:

Nun will ich euch einen Marketing-Tip geben. Die Menschen, die es sich leisten können, Bücher und Zeitschriften zu kaufen und ins Kino zu gehen, wol-

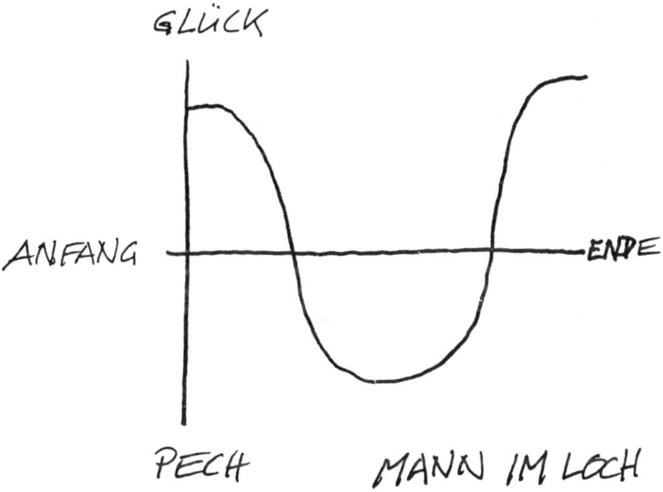
GLÜCK
ANFANG
ENDE
PECH
MANN IM LOCH

len nichts von Menschen wissen, die arm oder krank sind, also fangt eure Geschichte hier oben an [*zeigt auf die Spitze der G-P-Achse*]. Ihr werdet dieser Geschichte immer wieder begegnen. Die Menschen lieben sie, und man braucht keine Tantiemen dafür zu zahlen. Die Geschichte heißt »Mann im Loch«, aber es brauchen kein Mann und kein Loch in ihr vorzukommen. In der Geschichte geht es darum: Jemand gerät in Schwierigkeiten und wieder heraus aus den Schwierigkeiten [*zeichnet Linie A*]. Es ist kein Zufall, daß die Linie höher endet, als sie begonnen hat. Das muntert den Leser auf und ermutigt ihn.

Eine andere heißt »Junge trifft Mädchen«, sie braucht sich aber nicht darum zu drehen, daß ein Junge ein Mädchen trifft [*beginnt, Linie B zu zeichnen*]. Sie geht so: Jemand, ein ganz gewöhnlicher Mensch, kommt an einem Tag, der genauso ist wie jeder ganz gewöhnliche Tag, an etwas vollkommen Wunderbarem vorbei: »Manno, heute ist mein Glückstag!« … [*zeichnet die Linie nach unten*]. »Scheiße!« … [*zeichnet die Linie wieder nach oben*]. Und schafft es wieder hoch.

Also, ich will euch nicht einschüchtern, aber nachdem ich in Cornell Chemie studiert hatte, ging ich nach dem Krieg an die Universität von Chicago, studierte Anthropologie und machte darin irgendwann meinen Magister. Saul Bellow war an derselben Fakultät, und keiner von uns beiden hat je an einer Feldstudie oder Expedition teilgenommen. Obwohl wir uns

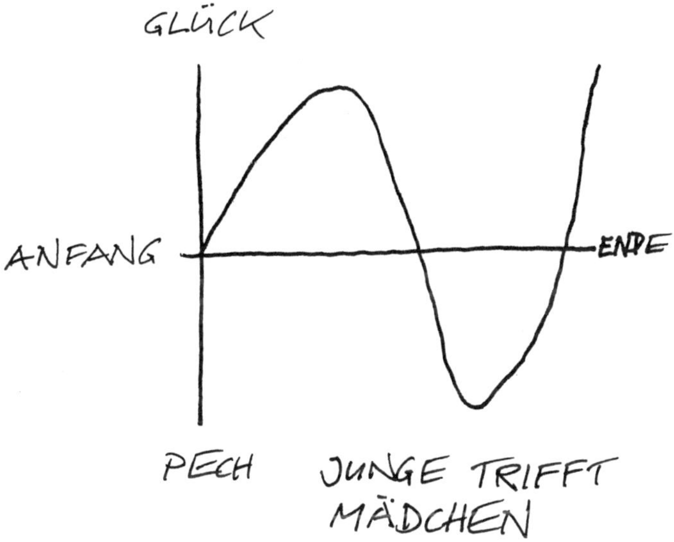
GLÜCK
ANFANG
ENDE
PECH
JUNGE TRIFFT MÄDCHEN

bestimmt einige ganz gut vorstellen konnten. Ich begann, in die Bibliothek zu gehen und Berichte über Völkerkundler, Prediger und Entdecker zu suchen – über diese Imperialisten –, um herauszufinden, welche Art Geschichten sie bei den primitiven Völkern gesammelt hatten. Es war sowieso ein großer Fehler von mir, einen Magister in Anthropologie zu machen, weil ich primitive Völker nicht ausstehen kann. Sie sind so dumm. Aber jedenfalls habe ich diese Geschichten gelesen, eine nach der anderen, von primitiven Völkern auf der ganzen Welt eingesammelt, und sie waren schnurgerade, wie hier die A-E-Achse. Also alles klar. Primitive Völker haben es mit ihren lausigen Geschichten nicht besser verdient. Sie sind wirklich rückständig. Seht euch dagegen das wunderbare Auf und Ab unserer Geschichten an.

Eine der beliebtesten Geschichten, die je erzählt wurden, fängt hier unten an [*beginnt, Linie C unterhalb der A-E-Achse*]. Wer ist denn diese so überaus bedrückte Person? Es ist ein Mädchen, etwa fünfzehn, sechzehn Jahre alt, und die Mutter ist gerade gestorben, also kein Wunder, daß sie traurig ist, oder? Und ihr Vater hat fast sofort wieder geheiratet, einen furchtbaren Drachen mit zwei gemeinen Töchtern. Habt ihr schon gehört?

Im Palast soll eine Party steigen. Sie muß ihren beiden Stiefschwestern und der gräßlichen Stiefmutter helfen, sich aufzudonnern, aber sie selbst soll zu Hau-

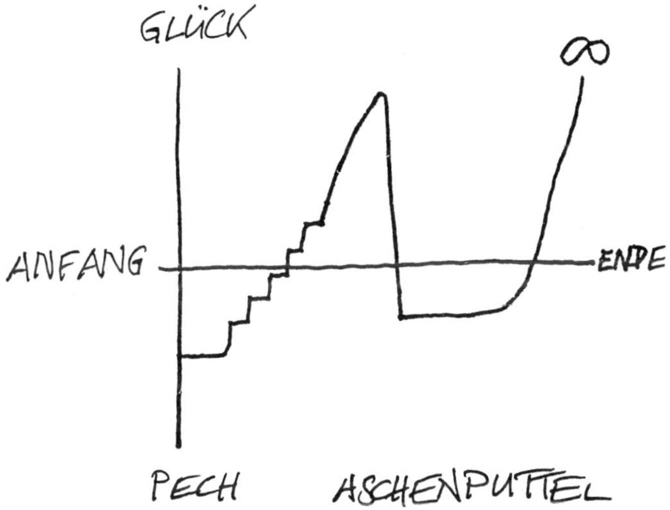
GLÜCK
∞
ANFANG
ENDE
PECH
ASCHENPUTTEL

se bleiben. Ist sie jetzt noch trauriger? Nein, sie ist bereits ein armes kleines Mädchen mit gebrochenem Herzen. Der Tod ihrer Mutter reicht völlig. Schlimmer kann es gar nicht mehr kommen. Also gut, alle brechen zur Party auf. Ihre Gute Fee erscheint [*zeichnet stufenweisen Anstieg*], gibt ihr Strumpfhose, Augen-Make-up und eine Transporthilfe, um auf die Party zu kommen. Und als sie dort auftaucht, ist sie der absolute Hammer, die Schönste von allen, die *belle* vom Ball [*zeichnet Aufwärtslinie*]. Sie ist so dick geschminkt, daß ihre Verwandten sie nicht einmal erkennen. Dann schlägt die Uhr zwölf, wie versprochen, und alles wird ihr wieder weggenommen [*zeichnet Abwärtslinie*]. Es dauert nicht lang, bis eine Uhr zwölfmal geschlagen hat, das Mädchen fällt also senkrecht runter. Fällt sie so tief, wie ihr vorher zumute war? Hölle nein. Egal, was danach geschehen wird, sie wird sich daran erinnern, daß der Prinz sich in sie verliebt hat und daß sie die *belle* vom Ball war. Also schuftet sie weiter, inzwischen auf beträchtlich höherer Ebene, und der Schuh paßt, und sie wird so glücklich, daß ihr Glück zu groß für unser Schaubild ist [*zeichnet Aufwärtslinie und dann eine liegende 8, für Unendlich*].

Und hier haben wir eine Geschichte von Franz Kafka [*beginnt Linie D unterhalb der G-P-Achse*]. Ein junger Mann ist ziemlich unattraktiv und nicht sehr gesellig. Er hat unangenehme Verwandte und hatte viele Jobs ohne Aussicht auf Beförderung. Er verdient

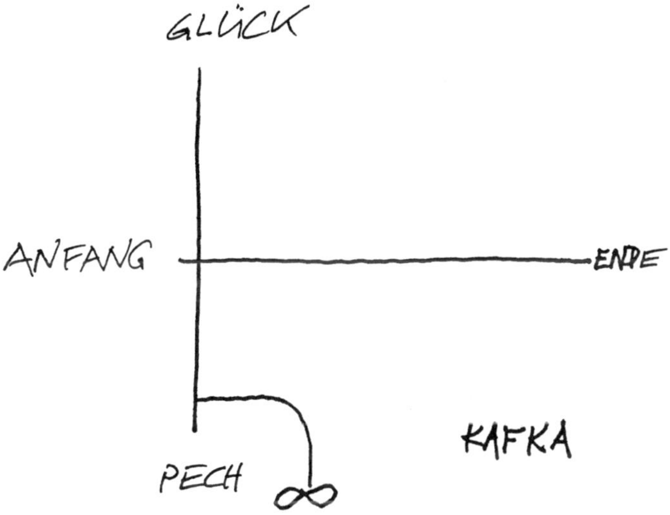
GLÜCK
ANFANG
ENDE
PECH
KAFKA

nicht genug Geld, um sein Mädchen zum Tanzen auszuführen oder mit einem Freund ein Bier trinken zu gehen. Eines Morgens wacht er auf, es ist wieder mal Zeit, zur Arbeit zu gehen, und er hat sich in eine Küchenschabe verwandelt [*zeichnet Linie abwärts und dann das Unendlich-Symbol*]. Es ist eine pessimistische Geschichte.

Die Frage ist, ob uns dieses System, das ich mir ausgedacht habe, bei der Beurteilung von Literatur helfen kann? Vielleicht kann ein echtes Meisterwerk nicht an einem Kreuz dieses Designs gekreuzigt werden. Wie steht's mit *Hamlet*? Es ist ein ziemlich gutes Stück Arbeit, würde ich sagen. Will das vielleicht jemand bestreiten? Ich brauche keine neue Linie zu zeichnen, weil seine Situation die gleiche wie die von Aschenputtel ist, nur daß die Geschlechter umgekehrt verteilt sind.

Sein Vater ist gerade gestorben. Er ist bedrückt. Und sofort hat seine Mutter seinen Onkel geheiratet, der ein Schweinehund ist. Also bewegt Hamlet sich auf der gleichen Ebene wie Aschenputtel, als sein Freund Horatio ankommt und sagt: »Hamlet, hör zu, da oben steht dieses Ding auf der Brüstung. Ich glaube, du sprichst besser mal mit dem Ding. Es ist dein Vati.« Also geht Hamlet da oben hin und spricht mit dieser, na ja, ziemlich wirklichen Erscheinung. Und dieses Ding sagt: »Ich bin dein Vater, ich wurde ermordet, du sollst mich rächen, dein Onkel war's, ich sag dir, wie.«

Tja, war das nun eine gute oder eine schlechte Nachricht? Bis zum heutigen Tag wissen wir nicht, ob dieses Gespenst wirklich Hamlets Vater war. Wenn ihr mal mit Ouija-Brettchen herumgespielt habt, wißt ihr, daß boshafte Geister herumschwirren, die imstande sind, euch alles zu erzählen, und ihr solltet ihnen nicht glauben. Madame Blavatsky, die mehr über die Geisterwelt wußte als sonstwer, sagte, man ist ein Narr, wenn man irgendeine Erscheinung ernst nimmt, weil sie oft bösartig sind und oft die Seelen von Ermordeten oder von Selbstmördern oder von Leuten sind, die im Leben auf die eine oder andere Weise furchtbar betrogen wurden und sich jetzt rächen wollen.

Wir wissen also nicht, ob dieses Ding wirklich Hamlets Vater war oder ob es eine gute oder schlechte Nachricht war. Und Hamlet weiß es auch nicht. Aber er sagt okay, ich weiß, wie ich das herauskriege. Ich werde Schauspieler engagieren, die es so spielen sollen, wie der Geist gesagt hat, daß mein Vater von meinem Onkel ermordet wurde, und dann veranstalte ich das und sehe dann schon, wie mein Onkel reagiert. Und das ist dann nicht wie bei Perry Mason. Sein Onkel wird nicht wahnsinnig und sagt: »Ich, ich, ich bin ertappt, ich bin ertappt, ich war's. Ich war's.« Es klappt nicht. Weder eine gute Nachricht noch eine schlechte Nachricht. Nach diesem Flop redet Hamlet mit seiner Mutter, und der Vorhang bewegt sich, deshalb glaubt er, sein Onkel stehe dahinter, und sagt: »Na gut, ich habe es satt, so verdammt unentschlossen zu sein«, und er sticht mit seinem Rapier durch die Drapierung. Na, wer fällt heraus? Polonius, der alte Windbeutel. Dieser Rush Limbaugh. Und Shakespeare hält ihn sowieso für einen Narren und ganz schön entbehrlich.

Wißt ihr, dumme Eltern finden den Rat, den Polonius seinen Kindern mit auf den Weg gegeben hat, so gut, daß sie meinen, Eltern sollten ihn ihren Kindern immer mit auf den Weg geben, dabei ist er der blödestmögliche Rat, und Shakespeare fand ihn sogar zum Brüllen komisch.

»Kein Borger sei und auch Verleiher nicht.« Aber was ist das Leben anderes als endloses Verleihen und Borgen, Geben und Nehmen?

»Dies über alles: sei dir selber treu.« Sei egoman!

Weder eine gute noch eine schlechte Nachricht. Hamlet wurde nicht verhaftet. Er ist Prinz. Er kann erstechen, wen er will. Also macht er weiter damit, gerät schließlich in ein Duell und stirbt. Tja, ist er nun in den Himmel gekommen oder zur Hölle gefahren? Ein ziemlicher Unterschied. Aschenputtel oder Kafkas Küchenschabe? Ich nehme nicht an, daß Shakespeare eher an Himmel und Hölle geglaubt hat als ich. Und deshalb wissen wir nicht, ob es eine gute oder eine schlechte Nachricht ist.

Ich habe euch gerade demonstriert, daß Shakespeare ein genauso dürftiger Geschichtenerzähler war wie irgendein Arapaho.

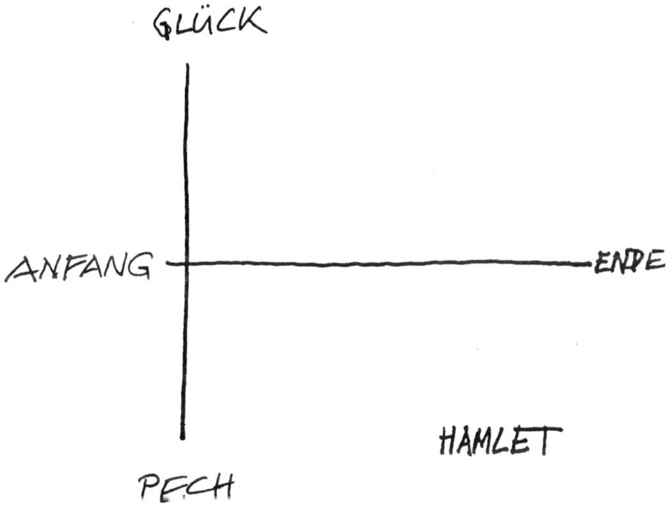
GLÜCK
ANFANG
ENDE
HAMLET
PECH

Aber es gibt einen Grund, weshalb wir *Hamlet* als Meisterwerk erkennen und schätzen: weil Shakespeare uns nämlich die Wahrheit gesagt hat, und bei diesem Auf und Ab [*zeigt auf die Wandtafel*] sagt man uns so selten die Wahrheit. Die Wahrheit ist: Wir wissen so wenig über das Leben, daß wir nicht wirklich wissen, was die gute und was die schlechte Nachricht ist.

Und falls ich – Gott behüte – je sterben sollte, würde ich gern in den Himmel kommen, um jemanden zu fragen, der da oben das Sagen hat: »Hey, was war die gute und was war die schlechte Nachricht?«

*

I DON'T KNOW ABOUT YOU, BUT I PRACTICE A DISORGANIZED RELIGION. I BELONG TO AN UNHOLY DISORDER. WE CALL OURSELVES "OUR LADY OF PERPETUAL ASTONISHMENT."

Ich weiß nicht,
wie das bei Ihnen ist,
aber ich praktiziere
eine desorganisierte
Religion.
Ich gehöre einem
unheiligen Unorden an.
Wir nennen uns
»Unsere Liebe Frau des
nie enden wollenden
Erstaunens«.

4

Hier kommt jetzt eine Nachricht.

Nein, ich kandidiere nicht für das Amt des Präsidenten, obwohl ich weiß, daß ein Satz, wenn er vollständig sein soll, sowohl ein Subjekt als auch ein Verb haben muß.

Ich werde auch nicht gestehen, daß ich mit Kindern schlafe. Eins will ich aber doch sagen: Meine Frau ist der mit Abstand älteste Mensch, mit dem ich je geschlafen habe.

Hier kommt die Nachricht: Ich werde die Brown & Williamson Tobacco Company, die Hersteller von Pall Mall-Zigaretten, auf eine Milliarde Otzen verklagen! Seit ich gerade mal zwölf Jahre alt war, habe ich nie etwas anderes kettegeraucht als filterlose Pall Malls. Und seit vielen Jahren versprechen jetzt schon Brown und Williamson, direkt auf der Packung, mich umzubringen.

Aber ich bin jetzt zweiundachtzig. Vielen herzlichen Dank, ihr miesen Ratten. Das allerletzte, was ich jemals wollte, war, am Leben zu sein, wenn die drei mächtigsten Menschen auf dem ganzen Planeten Bush, Dick und Colin heißen.

Unsere Regierung führt einen Krieg gegen Drogen. Das ist auf jeden Fall besser als gar keine Drogen. Das wurde mal über die Prohibition gesagt. Ist euch eigentlich klar, daß es von 1919 bis 1933 absolut gegen das Gesetz war, alkoholische Getränke herzustellen, zu transportieren oder zu verkaufen? Deshalb sagte der aus Indiana stammende Zeitungshumorist Ken Hubbard: »Prohibition ist besser als gar kein Schnaps.«

Aber überlegt mal: Die beiden weit und breit am häufigsten mißbrauchten und zu Sucht und Zerstörung führenden Substanzen sind vollkommen legal.

Die eine ist natürlich Äthanol. Und kein Geringerer als Präsident George W. Bush war im Alter von sechzehn bis vierzig, wie er selbst zugab, so manches liebe Mal breit oder knülle oder natternstramm gewesen. Als er einundvierzig war, sagt er, erschien ihm Jesus und hat ihn davon abgebracht, sich einen auf die Lampe zu schütten, sich die Kante zu geben bzw. mit Nasenfarbe zu gurgeln.

Andere Säufer haben rosa Elefanten gesehen.

Was meine eigene Geschichte des Mißbrauchs absonderlicher Substanzen betrifft, so war ich, was Heroin und Kokain und LSD und so weiter betrifft, immer ein Feigling, hatte immer Angst, das Zeugs schubst mich über den Rand. Einmal habe ich mit Jerry Garcia und den Grateful Dead einen Marihuana-Joint geraucht, nur um gesellig zu sein. Es schien keine Wirkung auf mich zu haben, weder so noch so, da habe ich es nie wieder getan. Und durch die Gnade Gottes, oder wodurch auch immer, bin ich kein Alkoholiker, größtenteils eine Sache der Gene. Ich tu mir hin und wieder ein paar Drinks rein und werde das heute abend auch wieder tun. Aber nicht mehr als zwei. Kein Problem.

Ich bin natürlich berüchtigtermaßen zigarettensüchtig. Ich hoffe unentwegt, daß die Dinger mich umbringen. Am einen Ende ein Feuer und am andern Ende ein Narr.

Aber eins werd ich euch erzählen: Ich hatte mal ein High, mit dem verglichen selbst Crack ein alter Hut wäre. Das war, als ich meinen ersten Führerschein bekam –: Obacht, Welt, hier kommt Kurt Vonnegut!

Und mein damaliges Auto, ein Studebaker, wenn ich mich richtig erinnere, wurde, wie fast alle Fortbewegungsmittel und anderes Gerät heutzutage, und Elektrizitätswerke und Hochöfen, von der mißbrauchtesten, süchtigstmachenden und zerstörerischsten Droge angetrieben, die es gibt: fossilen Brennstoff.

Als ihr hierherkamt, sogar als ich hierherkam, war die industrialisierte Welt bereits hoffnungslos fossilbrennstoffabhängig, und sehr bald wird keiner mehr übrig sein. Entzug.

Kann ich euch die Wahrheit sagen? Ich meine, das sind hier ja nicht die Fernsehnachrichten, stimmt's?

Jetzt kommt das, was ich für die Wahrheit halte: Wir alle sind fossilbrennstoffsüchtig im Stadium der Leugnung. Und wie so viele Süchtige, denen der Entzug bevorsteht, begehen unsere Führer Gewaltverbrechen, um an das bißchen, was von dem, wonach wir süchtig sind, noch übrig ist, ranzukommen.

*

Was war der Anfang von diesem Ende? Manche mögen sagen, Adam und Eva und der Apfel der Erkenntnis, ein klarer Fall von Fallenstellerei. Ich sage, es war Prometheus, ein Titan, ein Göttersohn, der im griechischen Mythos Zeus das Feuer gestohlen und den Menschen geschenkt hat. Die Götter waren so fuchsteufelswild, daß sie ihn nackt mit entblößtem Rücken an einen Fels ketteten und Adlern befahlen, seine Leber zu fressen. »Spare an der Rute, und verziehe dein Kind.«

Und inzwischen ist klar, daß die Götter damit völlig recht hatten. Unsere nahen Vettern, die Gorillas und Orangs und Schimpansen und Gibbons, sind die ganze Zeit prima zurande gekommen und haben nur pflanzliche Materie gefressen, wohingegen wir nicht nur warme Mahlzeiten zubereiten, sondern in weniger als zweihundert Jahren diesen einst so einladenden Planeten als Lebenserhaltungssystem zerstört haben, indem wir mit fossilen Brennstoffen thermodynamischen Rabatz veranstalteten.

Der Engländer Michael Faraday hat vor nur hundertzweiundsiebzig Jahren den ersten Stromgenerator gebaut.

Der Deutsche Karl Benz hat vor nur hundertneunzehn Jahren das erste Automobil mit Verbrennungsmotor gebaut.

Die erste Ölquelle in den USA, inzwischen ein trockenes Loch, wurde in Titusville, Pennsylvania, von Edwin L. Drake vor nur hundertfünfundvierzig Jahren gebohrt.

Die amerikanischen Brüder Wright haben, klar, vor nur hundertundeinem Jahr das erste Flugzeug gebaut und sind auch damit geflogen. Es wurde durch Benzin angetrieben.

Ihr wollt über unwiderstehlichen Rabatz reden?

Eine verborgene Tellermine.

Fossile Brennstoffe, so leicht entflammbar! Ja, und wir jagen eben jetzt die allerletzten Ahnungen und Tropfen und Klumpen davon in die Luft. Alle Lichter sind dabei auszugehen. Kein Strom mehr. Alle Formen der Beförderung sind dabei stehenzubleiben, und den Planeten Erde wird bald eine Kruste aus Totenschädeln und Knochen und totem technischen Gerät bedecken.

Und niemand kann was dran drehen. Das Spiel läuft schon zu lange. Einsteigen geht nicht mehr.

Ich will euch die Party nicht vermiesen, aber hier ist die Wahrheit: Wir haben die Ressourcen unseres

Planeten durchgebracht, einschließlich Luft und Wasser, als gäbe es kein Morgen, und daraufhin gibt es auch keins mehr.

Der Erstsemesterball fällt also aus, aber das ist nur der Anfang.

*

EVOLUTION
IS SO CREATIVE.
THAT'S HOW
WE GOT
GIRAFFES.

Die Evolution
ist so kreativ.
Deshalb
haben wir
Giraffen.

5

Okay, jetzt wollen wir ein bißchen Spaß haben. Reden wir über Sex. Reden wir über Frauen. Freud hat gesagt, er wisse nicht, was Frauen wollen. Ich weiß, was Frauen wollen: jede Menge Menschen, mit denen sie reden können. Worüber wollen sie reden? Sie wollen über alles reden.

Was wollen Männer? Sie wollen viele Kumpels, und es wäre ihnen lieb, wenn die Leute nicht immer so böse auf sie wären.

Warum lassen sich heutzutage so viele Menschen scheiden? Weil die meisten von uns keine riesen Sippe mehr haben. Wenn früher ein Mann und eine Frau heirateten, bekam die Braut eine Menge mehr Menschen, mit denen sie über alles reden konnte. Der Bräutigam bekam mehr Kumpels, denen er blöde Witze erzählen konnte.

Ein paar Amerikaner, aber sehr wenige, haben immer noch Riesensippen. Die Navahos. Die Kennedys.

Aber die meisten von uns, wenn wir heutzutage heiraten, werden nur eine weitere Person für die andere Person. Der Bräutigam bekommt einen neuen Kumpel dazu, aber der ist eine Frau. Die Braut bekommt einen weiteren Menschen, mit dem sie über alles reden kann, aber der ist ein Mann.

Wenn heutzutage ein Ehepaar Krach hat, glaubt es vielleicht, es geht um Geld oder Macht oder Sex oder Kindererziehung oder sonstwas. In Wirklichkeit sagen die beiden zueinander, ohne sich das klarzumachen: »Du bist nicht genügend Leute!«

Ein Mann, eine Frau und ein paar Kinder sind keine Familie. Sondern eine furchtbar verletzliche Überlebenseinheit.

Ich habe in Nigeria mal einen Mann kennengelernt, einen Ibo, der sechshundert Verwandte hatte, die er recht gut kannte. Seine Frau hatte gerade ein Kind gekriegt, die denkbar beste Nachricht in jeder großen Sippe.

Sie wollten es gerade mitnehmen, damit es all seine Verwandten kennenlernt, Ibos in allen Altersklassen, Größen und Formen. Es sollte sogar andere Babys kennenlernen, Cousins und Cousinen, die nicht viel älter waren als es selbst. Jeder, der groß genug und sicher genug auf den Beinen war, sollte es halten, knuddeln, ihm was vorgurgeln und sagen, wie hübsch oder niedlich es war.

Wärt ihr nicht liebend gern dieses Baby gewesen?

Könnte ich doch mit einem Zauberstab winken und jedem von euch eine Riesensippe geben, euch zu einem Ibo oder Navaho machen – oder zu einem Kennedy.

Jetzt nehmen wir mal George und Laura Bush, die in ihrer eigenen Vorstellung ein tapferes, klar umrissenes Ehepaar sind. Sie sind von einer enormen Sippe umgeben, von etwas, was wir alle haben sollten – ich meine Richter, Senatoren, Redakteure, Anwälte, Bankiers. Sie sind nicht allein. Daß sie Mitglieder einer großen Sippe sind, ist ein Grund dafür, daß sie sich so behaglich fühlen. Und ich würde wirklich, auf lange Sicht, hoffen wollen, daß Amerika irgendwie eine Methode findet, alle unsere Bürger mit Riesensippen auszustatten –, einer großen Gruppe von Menschen, an die sie sich wenden können, wenn sie Hilfe brauchen.

*

Ich bin Deutschamerikaner, ein ganz reiner, noch auf die Zeit zurückzuführen, als Deutschamerikaner endogam waren, also nur untereinander heirateten. Als ich im Jahre 1945 die Angloamerikanerin Jane Marie Cox bat, meine Frau zu werden, wurde sie von einem ihrer Onkel gefragt, ob sie wirklich »mit diesen ganzen Deutschen verwechselt werden« will. Ja, und sogar noch heute gibt es eine Art St.-Andreas-Graben zwischen Deutschamerikanern und Anglos, das hört aber allmählich auf.

Ihr könntet annehmen, dies läge am Ersten Weltkrieg, in dem die Engländer und die Amerikaner gegen Deutschland kämpften, wodurch sich der Graben so tief und so weit öffnete wie ein Höllenschlund, obwohl kein Deutschamerikaner je Verrat geübt hatte. Aber die Kluft tat sich bereits etwa zur Zeit des Bürgerkriegs auf, als alle meine Einwanderervorfahren hierherkamen und sich in Indianapolis niederließen. Ein Vorfahr hat sogar in der Schlacht ein Bein verloren und ging zurück nach Deutschland, aber die anderen blieben und blühten und gediehen wie verrückt.

Sie kamen zu einer Zeit, als die herrschende Klasse der Anglos, wie unsere polyglotten multinationalen Konzern-Oligarchen von heute, die billigsten und zahmsten Arbeiter wollten, die sie auf der ganzen weiten Welt finden konnten. Die Voraussetzungen für diese Menschen waren, damals wie heute, die, die Emma Lazarus 1883 aufgelistet hat: »erschöpft«, »arm«, »geduckt«, »elend«, »unbehaust« und »sturmgebeutelt«. Und damals mußten solche Menschen importiert werden. Die Jobs konnten ihnen nicht, wie heutzutage, direkt dorthin geschickt werden, wo sie so unglücklich waren. Ja, und sie kamen hierher, wie sie nur irgend konnten, zu Zehntausenden.

Aber mitten in dieser Flutwelle des Elends war etwas, das den Anglos rückblickend wie ein Trojanisches

Pferd vorkommen muß, eins, das mit gebildeten, wohlgenährten deutschen Mittelschichts-Geschäftsleuten gefüllt war, die ihre Familien und Geld zum Investieren mitbrachten. Ein Vorfahr mütterlicherseits wurde Brauer in Indianapolis. Aber er gründete keine Brauerei. Er hat eine gekauft! Nicht schlecht als Pionierleistung, was? Außerdem brauchten die Leute in keiner Form an den Völkermorden und ethnischen Säuberungen teilzunehmen, wodurch Amerika für sie ein jungfräulicher Kontinent war.

Und diese schuldlosen Menschen, die bei der Arbeit Englisch und zu Hause Deutsch sprachen, bauten nicht nur erfolgreiche Unternehmen auf, am eindrucksvollsten in Indianapolis und Milwaukee und Chicago und Cincinnati, sondern auch ihre eigenen Banken und Konzerthäuser und Vereine und Gymnasien und Restaurants und Herrenhäuser und Sommerdatschen, so daß die Anglos sich allmählich fragten, und zwar, wie ich sagen muß, völlig zu Recht: »Wem, verdammt noch mal, gehört dieses Land eigentlich?«

WE ARE HERE
ON EARTH
TO FART AROUND.
DON'T LET
ANYBODY
TELL YOU
ANY DIFFERENT.

Wir sind hier
auf Erden,
um herumzufurzen.
Laßt euch bloß
von niemandem
was anderes
erzählen.

6

Man hat mich einen Ludditen genannt.

Das begrüße ich.

Wißt ihr, was ein Luddit ist? Ein Luddit ist jemand, der neumodischen Mistkram haßt. Ned Ludd war gegen Beginn des neunzehnten Jahrhunderts Textilarbeiter in England und hat eine Menge neumodischer Mistdinger kaputtgemacht – mechanische Webstühle, die ihn arbeitslos machen sollten, die es ihm mit seinen speziellen Fähigkeiten unmöglich machen sollten, seiner Familie Nahrung, Kleidung und Obdach zu bieten. Im Jahre 1813 ließ die britische Regierung siebzehn Männer wegen »Maschinenstürmerei«, wie das genannt wurde, hängen, eines Verbrechens wegen, auf das die Todesstrafe stand.

Heutzutage haben wir Mistdinger wie Atom-U-Boote, die mit Poseidon-Raketen bewaffnet sind, die Atombomben in ihren Sprengköpfen haben. Und wir haben Computer, die einen um das Werden betrügen. Bill Gates sagt: »Warten Sie, bis Sie sehen können, was

Ihr Computer werden kann.« Aber ihr seid es, die das Werden übernehmen sollten, nicht der verdammte Narr von einem Computer. Was ihr werden könnt, ist das Wunder, zu dem ihr durch die Arbeit, die ihr macht, geboren wurdet.

Der Fortschritt hat mich windelweich geprügelt. Er hat mir das genommen, was vor zweihundert Jahren für Ned Ludd der Webstuhl gewesen sein muß. Ich meine eine Schreibmaschine. So was gibt es gar nicht mehr. Übrigens war *Huckleberry Finn* der erste Roman, der je auf einer Schreibmaschine geschrieben wurde.

In der guten alten Zeit, noch gar nicht lange her, pflegte ich Schreibmaschine zu schreiben. Und nachdem ich etwa zwanzig Seiten hatte, habe ich auf denen mit Bleistift meine Korrekturen angebracht. Dann habe ich Carol Atkins angerufen, welche von Beruf, wie das ganz früher geheißen hat, Schreibfräulein war. Könnt ihr euch das vorstellen? Sie wohnte in Woodstock, New York, woher, wie ihr wißt, die berühmte Sex-und-Drogen-Veranstaltung in den '60ern ihren Namen hat (die aber in Wahrheit in der Nähe stattgefunden hat, in einer Stadt namens Bethel, und jeder, der sagt, er erinnere sich daran, dort gewesen zu sein, war nicht da). Also rief ich Carol an und sagte: »Tag, Carol. Wie geht's denn? Was macht der Rücken? Sind Blaudrosseln da?« So schwatzten wir hin und her. Ich rede so gern mit Leuten.

Sie und ihr Mann hatten immer versucht, Blaudrosseln bei sich heimisch zu machen, und wie ihr wißt, wenn ihr schon mal versucht habt, Blaudrosseln bei euch heimisch zu machen, bringt man das Blaudrosselhäuschen in gerade mal 90 Zentimetern Höhe an, gewöhnlich an einem Zaun. Warum es immer noch Blaudrosseln gibt, weiß ich nicht. Die Atkins' hatten jedenfalls kein Glück, und ich auch nicht, da, wo ich mein Häuschen auf dem Land habe. Wir schwatzen also heftig drauflos, und schließlich sage ich: »Hey, weißt du was, ich habe ein paar Seiten. Schreibst du immer noch Schreibmaschine?« Klar schreibt sie immer noch Schreibmaschine. Und ich weiß, es wird so ordentlich sein, es wird aussehen, als hätte es ein Computer gemacht. Und ich sage: »Ich hoffe, daß es nicht bei der Post verloren geht.« Und sie sagt: »Bei der Post geht nie was verloren.« Und genau die Erfahrung habe ich auch gemacht. Ich habe noch nie etwas verloren. Und deshalb ist sie jetzt ein Ned Ludd. Ihr Schreibmaschineschreiben ist wertlos.

Jedenfalls nehme ich meine Seiten, und ich habe dieses Dings aus Stahl, man nennt es eine Büroklammer, und ich stelle meine Seiten zusammen und paginiere sie natürlich vorher mit großem Bedacht. Also gehe ich die Treppe hinunter, um das Haus zu verlassen, und ich komme an meiner Frau vorbei, der Fotojournalistin Jill Krementz, die immer schon furchtbar *high tech* war und jetzt noch *high techer* ist. Als Mädchen hat sie am liebsten die Nancy-Drew-Krimis gelesen, ihr wißt schon, die kleine Detektivin. Also kann sie nicht anders und fragt: »Wo gehst du hin?« Und ich sage: »Ich gehe einen Umschlag holen.« Und sie sagt: »Na, du bist doch kein armer Mann. Warum kaufst du dir nicht tausend Umschläge? Die kriegst du geliefert und kannst sie in einen Schrank tun.« Und ich sage: »Pscht.«

Also gehe ich die paar Stufen hinunter, und dies ist in der 48th Street in New York City zwischen der Second und der Third Avenue, und ich gehe über die Straße zu diesem Zeitungskiosk, wo sie Zeitschriften und Lotterielose und Briefpapier verkaufen. Und ich kenne ihr Sortiment sehr gut, und deshalb kaufe ich mir einen Umschlag, einen gelben Manila-Umschlag. Es ist, als hätte derjenige, wer immer es war, der diesen Umschlag gemacht hat, genau gewußt, welches Format das Papier hat, das ich verwende. Ich stelle mich hinten in der Schlange an, weil da Leute sind, die sich Lotterielose, Süßigkeiten und so was alles kaufen, und ich schwatze mit ihnen. Ich sage: »Kennen Sie irgend jemanden, der jemals irgendwas im Lotto gewonnen hat?« Die Frau hinter dem Ladentisch hat ein Juwel zwischen den Augen. Na, lohnt das nicht schon den Ausflug? Ich frage sie: »Hat's in letzter Zeit irgendwelche großen Lottogewinner gegeben?« Dann bezahle ich meinen Umschlag. Ich nehme mein Manuskript, und ich stecke es hinein. Der Umschlag hat zwei kleine Metallzacken, die in ein Loch in der Klappe passen. Für die von euch, die noch nie einen gesehen haben: Es gibt zwei Arten, einen Manila-Umschlag zu verschließen. Ich wende beide an. Zuerst lecke ich an der Gummierung –, das ist schon mal ein bißchen sexy. Ich stecke die dünnen kleinen Metalldingsbumse durch das Loch –, ich habe noch nie gewußt, wie die heißen. Dann klebe ich die Klappe drauf fest.

Als nächstes gehe ich zum Post-&-mehr-Shop an der Ecke 47th Street/Second Avenue. Das ist ganz nah an den Vereinten Nationen, weshalb da diese ganzen komisch aussehenden Menschen aus allen Ecken der Welt sind. Ich gehe hinein, und wir stehen wieder Schlange. Ich bin heimlich in die Frau hinter dem Schalter verliebt. Sie weiß es nicht. Meine Frau weiß es. Ich werde auch nichts daran ändern. Sie ist so nett. Alles, was ich je von ihr gesehen habe, ist von der Hüfte aufwärts, weil sie immer hinter dem Schalter sitzt. Aber jeden Tag veranstaltet sie über der Hüfte etwas mit sich, um uns aufzumuntern. Manchmal wird ihr Haar ganz kraus sein. Manchmal wird sie es glattgebügelt haben. Einmal trug sie schwarzen Lippenstift. Dies ist alles so aufregend und so großzügig von ihr, nur um uns alle aufzumuntern, Menschen aus allen Ecken der Welt.

Also warte ich in der Schlange, und ich sage: »Hey, was war das für eine Sprache, die Sie gerade gesprochen haben? War das Urdu?« Ich führe fast immer einen netten kleinen Schwatz. Manchmal auch nicht. Auch möglich ist: »Wenn es Ihnen hier nicht gefällt, warum gehen Sie dann nicht zurück in Ihre kleine angeberische Diktatur, aus der Sie gekommen sind?« Einmal wurde ich dort von einem Taschendieb bestohlen und durfte einen Polizisten kennenlernen, dem ich davon erzählen konnte. Jedenfalls stehe ich schließlich ganz vorne in der Schlange. Ich offenbare ihr nicht, daß ich sie liebe. Ich wahre mein Pokerface. Sie könnte genausogut eine Honigmelone ansehen, so wenig Information steht in mein Gesicht geschrieben, aber das Herz pocht mir. Und ich gebe ihr den Umschlag, und sie wiegt ihn, weil ich die richtige Anzahl Briefmarken draufhaben möchte und weil ich will, daß sie das gutheißt. Wenn sie sagt, es sind genug Briefmarken drauf, und alles prima findet, dann war es das. Sie können mir den Umschlag nicht mehr zurücksenden. Ich kriege die richtigen Briefmarken, und ich adressiere den Umschlag an Carol in Woodstock.

Dann gehe ich hinaus, und da steht ein Briefkasten. Und ich füttere den riesengroßen Ochsenfrosch mit den Seiten. Und er sagt: »Ribbit.«

Und ich gehe nach Hause. Und habe mich amüsiert wie Bolle.

Elektronische Gemeinden bauen nichts. Am Ende hat man gar nichts davon. Wir sind tanzende Tiere. Wie schön ist es, aufzustehen und vor die Tür zu gehen und was zu erledigen. Wir sind hier auf Erden, um herumzufurzen. Laßt euch von niemandem was anderes erzählen.

DO YOU THINK
ARABS ARE DUMB?
THEY GAVE US
OUR NUMBERS.
TRY DOING
LONG DIVISION
WITH
ROMAN NUMERALS.

Glaubt ihr,
Araber wären dumm?
Von ihnen haben wir
unsere Zahlen.
Versucht mal,
mit römischen Ziffern
schriftlich
zu dividieren.

7

Am 11. November 2004 bin ich zweiundachtzig geworden. Wie ist es, so alt zu sein? Ich kann für keinen Pfifferling mehr parallel einparken, seht also bitte nicht zu, wenn ich das versuche. Und die Schwerkraft ist viel weniger freundlich und fügsam als früher.

Wenn ihr so alt werdet wie ich, falls ihr so alt werdet wie ich, und falls ihr euch fortgepflanzt habt, werdet ihr feststellen, daß ihr eure eigenen Kinder fragt, die selbst bereits mittleren Alters sind: »Was ist der Sinn des Lebens?« Ich habe sieben Kinder, davon drei verwaiste Neffen.

Ich habe meine große Frage über das Leben meinem Sohn, dem Kinderarzt, gestellt. Dr. Vonnegut sagte dies zu seinem taperigen alten Dad: »Vater, wir sind auf dieser Welt, um einander beim Überstehen dieser Sache zu helfen, egal, was sie ist.«

*

Egal, wie korrupt, habgierig und herzlos unsere Regierung, unsere großen Firmen, unsere Medien und unsere religiösen und wohltätigen Einrichtungen noch werden mögen, die Musik wird immer noch wunderbar sein.

Falls ich je sterben sollte, Gott behüte, soll dies der Spruch auf meinem Grabstein sein:

Der einzige Beweis, den er
für die Existenz Gottes brauchte,
war Musik

Während unseres katastrophal idiotischen Krieges in Vietnam wurde die Musik immer besser und immer noch besser. Diesen Krieg haben wir übrigens verloren. Die Ordnung in Indochina konnte erst wieder hergestellt werden, als das Volk uns rausgeschmissen hatte.

Dieser Krieg hat nur dazu geführt, daß Millionäre zu Milliardären wurden. Der jetzige Krieg macht Billionäre aus Milliardären. Na, das nenne ich Fortschritt.

Und wieso können die Leute in Ländern, die wir überfallen, nicht wie bessere Herrschaften kämpfen, in Uniform und mit Panzern und Kampfhubschraubern?

Zurück zur Musik. Durch sie mag praktisch jeder das Leben lieber als ohne sie. Selbst Militärkapellen heitern mich, obwohl ich Pazifist bin, jedesmal auf. Und ich finde Strauß und Mozart und das alles echt gut, aber das unbezahlbare Geschenk, welches die

Afro-Amerikaner der ganzen Welt gemacht haben, als sie noch versklavt waren, war ein so großes Geschenk, daß es inzwischen fast der einzige Grund dafür ist, daß viele Ausländer uns wenigstens noch ein kleines bißchen mögen. Dieses spezielle Heilmittel für die weltweite Epidemie der Depression ist ein Geschenk namens Blues. Jede Art von Popmusik heutzutage – Jazz, Swing, Be-Bop, Elvis Presley, die Beatles, die Stones, Rock and Roll, Hip Hop und immer so weiter – sind aus dem Blues entstanden.

Ein Geschenk an die Welt? Eine der besten Rhythm-and-Blues-Combos, die ich je gehört habe, waren drei Jungs und ein Mädchen aus Finnland, die in einem Club in Krakau, Polen, spielten.

Der wunderbare Schriftsteller Albert Murray, der unter anderem Jazzhistoriker und mit mir befreundet ist, hat mir gesagt, daß während der Zeit der Sklaverei in diesem Lande – eine Abscheulichkeit, von der wir uns nie ganz werden erholen können – die Selbstmordrate pro Kopf bei Sklavenhaltern viel höher war als die Selbstmordrate bei Sklaven.

Murray sagt, er glaube, das lag daran, daß Sklaven eine Methode hatten, mit Depressionen fertigzuwerden, die ihre weißen Eigentümer nicht hatten: Sie konnten Gevatter Selbstmord verscheuchen, indem sie den Blues spielten und sangen. Er sagt noch etwas, was mir ebenfalls einleuchtet. Er sagt, der Blues kann Depressionen nicht ratzfatz aus dem Haus verjagen, aber er kann sie in die Ecken jedes Zimmers treiben, wo er gespielt wird. Denkt also bitte daran.

Ausländer lieben uns für unseren Jazz. Und sie hassen uns nicht wegen unserer angeblichen Freiheit und Gerechtigkeit gegen jedermann. Jetzt hassen sie uns wegen unserer Arroganz.

*

Als ich in Indianapolis zur Grundschule ging, auf die James Whitcomb Riley School # 43, zeichneten wir immer Bilder mit den Häusern von morgen, den Schiffen von morgen, den Flugzeugen von morgen, und es gab all diese Träume von der Zukunft. Natürlich war zu der Zeit alles zum Erliegen gekommen. Die Fabriken arbeiteten nicht mehr, die Depression lief auf Hochtouren, und das Zauberwort hieß Wohlstand/Reichtum/Prosperität. Eines Tages sollte die Prosperität kommen. Wir bereiteten uns darauf vor. Wir träumten von den Häusern, in denen Menschenwesen leben sollten –, idealen Behausungen. Und wir träumten von idealen Fortbewegungsmitteln.

Was heute radikal neu ist, ist, daß meine Tochter Lily, die gerade einundzwanzig geworden ist, feststellen muß, genau wie es eure Kinder feststellen müssen, wie George W. Bush, der selbst noch ein Kind ist, wie Saddam Hussein und so weiter und so fort feststellen müssen, daß sie das Erbe an einer schockierend neuen

Geschichte menschlicher Sklaverei angetreten haben, an einer Aids-Epidemie, und an Atom-U-Booten, die auf dem Grund von Fjorden in Island und anderswo schlummern, deren Mannschaften von jetzt auf gleich dazu bereit sind, mit Raketen und Nuklearsprengköpfen Männer, Frauen und Kinder in industriellen Quantitäten zu radioaktivem Ruß und Knochenmehl umzuwandeln. Unsere Kinder haben technische Verfahren geerbt, deren Nebenprodukte, ob in Krieg oder Frieden, rapide den ganzen Planeten als atembares, trinkbares System der Lebensunterstützung jeder Art und für jede Art zerstören.

Jeder, der Naturwissenschaften studiert hat und mit Naturwissenschaftlern spricht, bemerkt, daß wir jetzt in höchster Gefahr schweben. Menschliche Wesen, damals wie heute, haben den Laden verwüstet.

Die größte Wahrheit, der wir nun ins Gesicht sehen müssen – was mich wahrscheinlich jetzt auch mein verbleibendes Leben lang unkomisch macht –, ist, daß es den Menschen, glaube ich, scheißegal ist, ob der Planet weitermacht oder nicht. Mir kommt es so vor, als lebte jeder wie die Anonymen Alkoholiker, nämlich von einem Tag auf den anderen. Und ein paar weitere Tage genügen schon. Ich weiß nur von sehr wenigen Menschen, die von einer Welt für ihre Enkel träumen.

*

Vor vielen Jahren war ich so unschuldig, da hielt ich es noch für möglich, daß wir das humane und vernünftige Amerika werden, von dem so viele Angehörige meiner Generation zu träumen pflegten. Wir träumten von einem solchen Amerika während der Depression, als es keine Jobs gab. Und dann kämpften wir und starben oft auch für diesen Traum im Zweiten Weltkrieg, als es keinen Frieden gab.

Aber jetzt weiß ich, daß es verdammt nicht den Hauch einer Chance für Amerika gibt, human und vernünftig zu werden. Weil die Macht uns korrumpiert, und weil die absolute Macht uns absolut korrumpiert. Menschenwesen sind Schimpansen, die sich bis zum Wahnsinn an Macht besaufen. Laufe ich, wenn ich sage, unsere Führer seien machtbesoffene Schimpansen, Gefahr, die Moral unserer Soldaten, die im Nahen Osten kämpfen und sterben, zu unterminieren? Ihre Moral ist, zusammen mit so vielen anderen leblosen Opfern, längst abgeknallt. Man behandelt sie, wie ich nie behandelt wurde, wie Spielsachen, die ein reiches Kind zu Weihnachten bekommen hat.

*

Die intelligentesten und anständigsten Gebete, die je von einem berühmten Amerikaner geäußert und *To Whom It May Concern* bzw. an den betreffenden Sachbearbeiter gerichtet wurden, einer enormen Katastrophe von Menschenhand folgend, waren die Gebete von Abraham Lincoln in Gettysburg, Pennsylvania, damals, als Schlachtfelder noch klein waren. Sie konnten in ihrer Gesamtheit von einem Mann auf einem Pferd von einem Hügel aus überblickt werden. Ursache und Wirkung waren einfach. Ursache war Schießpulver, eine Mischung aus Kaliumnitrat, Holzkohle und Schwefel. Wirkung war fliegendes Metall. Oder ein Bajonett. Oder ein Gewehrkolben.

Abraham Lincoln sagte dies über die plötzlich wieder so stillen Schlachtfelder in Gettysburg:

> Wir können diese Erde nicht widmen, weihen
> oder Gott befehlen. Die tapferen Männer,
> lebende wie tote, die hier gekämpft, haben
> sie in viel höherm Maße geweiht, denn zu
> mehren oder mindern in unserer niedern
> Macht steht.

Poesie! Es war immer noch möglich, Horror und Trauer in Kriegszeiten beinahe schön erscheinen zu lassen. Amerikaner konnten sich immer noch Illusionen von Ehre und Würde hingeben, wenn sie an den Krieg dachten. Der Illusion des menschlichen Ihr-wißt-schon-was. So nenne ich es nämlich: »Das Ihr-wißt-schon-was«.

(Und darf ich in Klammern anmerken, daß ich bereits in diesem Abschnitt Lincolns *Gettysburg Address* um hundert oder mehr Wörter übertroffen oder überschritten habe? Ich bin langatmig.)

*

Industrielle Quantitäten wehrloser Menschenfamilien umzubringen, sei es durch altmodisches Gerät oder neumodischen Mistkram, wie ihn die Universitäten liefern, weil man sich davon militärische oder diplomatische Vorteile verspricht – ist vielleicht letztlich doch keine so ganz tolle Idee.

Funktioniert es denn?

Seine Enthusiasten, seine Fans, wenn ich sie so nennen darf, gehen davon aus, daß Führer politischer Gebilde, die uns ungelegen kommen oder, noch weit schlimmer, nicht in den Kram passen, des Mitleids mit ihrem eigenen Volk fähig sind. Wenn sie frikassierte Frauen und Kinder und alte Leute sehen oder zumindest von ihnen hören, die aussahen und sprachen wie sie selbst, wenn es vielleicht sogar Verwandte trifft, dann werden sie durch Weinerlichkeit gelähmt. So geht die Theorie, wie ich sie verstehe.

Jeder, der das glaubt, kann dann auch gleich Nägel mit Köppen und den Weihnachtsmann und den Osterhasen zu Ikonen unserer Außenpolitik machen.

*

Wo sind Mark Twain und Abraham Lincoln jetzt, da wir sie brauchen? Sie waren Jungs vom Lande aus der Mitte Amerikas, und beide haben das amerikanische Volk dazu gebracht, über sich selbst zu lachen und wirklich wichtige, wirklich moralische Witze zu würdigen. Stellt euch vor, was sie heute zu sagen hätten.

Eins der Stücke von Mark Twain, aus denen am heftigsten Erniedrigung und gebrochenes Herz sprachen, handelte vom Abschlachten von sechshundert Männern, Frauen und Kindern des muslimischen Moro-Volkes auf den Süd-Philippinen, als unsere Soldaten nach dem Spanisch-Amerikanischen Krieg das philippinische Volk befreiten. Unser tapferer Kommandeur war Leonard Wood, nach dem jetzt ein Fort benannt wurde. Fort Leonard Wood in Missouri.

Was hätte Abraham Lincoln zu Amerikas imperialistischen Kriegen zu sagen, den Kriegen, die, unter dem einen oder anderen edlen Vorwand, darauf abzielen, die natürlichen Ressourcen und das Reservoir an zahmen Arbeitskräften der reichsten Amerikaner mit den besten Verbindungen zu vergrößern?

Es ist fast immer ein Fehler, Abraham Lincoln zu erwähnen. Er stiehlt einem immer die Show. Ich zitiere ihn gleich noch mal.

Mehr als ein Jahrzehnt vor seiner *Gettysburg Address*, im Jahre 1848, als Lincoln nur Kongreßabgeordneter war, fühlte er sich von unserem Krieg gegen Mexiko, welches uns nie angegriffen hatte, zutiefst gedemütigt und verletzt. James Polk war der Mensch, den der Abgeordnete Lincoln meinte, als er sagte, was er sagte. Abraham Lincoln sagte von Polk, seinem Präsidenten, dem Oberbefehlshaber seiner Streitkräfte:

> Er vertraute darauf, der Überprüfung zu entgehen, indem er den öffentlichen Blick von der äußersten Prachtentfaltung militärischer Glorie gefangenhielt – jenes reizvollen Regenbogens, der sich erhebt, wenn es in Strömen Blut regnet – jenes Schlangenauges, welches bezaubert, um zu zerstören – und stürzte sich in den Krieg.

Ja, Scheiße auch! Und ich dachte, ich wäre Schriftsteller!

Habt ihr gewußt, daß wir tatsächlich während des Mexikanischen Krieges Mexico City erobert haben? Warum ist das kein Nationalfeiertag? Und warum ist das Gesicht von James Polk, unserem damaligen Präsidenten, nicht neben dem von Ronald Reagan in den Mount Rushmore gemeißelt? Was Mexiko damals, in den 40er Jahren des neunzehnten Jahrhunderts, so böse machte, lang vor unserem Bürgerkrieg, war, daß Sklaverei dort illegal war. *Remember the Alamo?* Mit der Schlacht haben wir uns Kalifornien angeeignet sowie eine Menge fremder Menschen und Besitztümer, und das haben wir gemacht, als wäre das Abschlachten mexikanischer Soldaten, die lediglich ihre Heimat gegen

Invasoren verteidigten, kein Mord. Was sonst noch für Zeug außer Kalifornien? Na ja, Texas, Utah, Nevada, Arizona sowie Teile von New Mexico, Colorado und Wyoming.

Und wo wir gerade von Präsidenten sprechen, die sich in den Krieg stürzen, wißt ihr, warum George W. Bush so stinksauer auf die Araber ist? Sie haben uns Algebra gebracht. Ebenso die Zahlen, die wir verwenden, inklusive ein Symbol für Nichts, was die Europäer nie zuvor gehabt hatten. Glaubt ihr, Araber wären dumm? Versucht mal, mit römischen Ziffern schriftlich zu dividieren.

THE HIGHEST TREASON
IN THE USA
IS TO SAY
AMERICANS
ARE NOT LOVED,
NO MATTER
WHERE THEY ARE,
NO MATTER
WHAT
THEY ARE
DOING THERE.

Der Höchstverrat
in den USA
ist, wenn man sagt,
die Amerikaner
würden nicht geliebt,
egal,
wo sie sind,
egal,
was sie
dort tun.

8

Wißt ihr, was ein Humanist ist?

Meine Eltern und Großeltern waren Humanisten, das, was man früher Freidenker nannte. Indem ich auch einer bin, ehre ich meine Vorfahren, und die Bibel findet das auch gut. Wir Humanisten versuchen, uns so anständig, so fair und so ehrenhaft wie möglich zu benehmen, ohne Belohnungen oder Bestrafungen in einem Leben nach dem Tode zu erwarten. Mein Bruder und meine Schwester glaubten nicht, daß es eins gibt, meine Eltern und Großeltern glaubten nicht, daß es eins gibt. Es genügte schon, daß sie lebten. Wir Humanisten dienen, so gut wir können, der einzigen Abstraktion, mit der uns irgendeine echte Vertrautheit verbindet, und das ist unsere Gemeinschaft.

Ich bin übrigens Ehrenpräsident der American Humanist Association, als Nachfolger des verstorbenen großartigen Science-Fiction-Autors Isaac Asimov in diesem total funktionslosen Amt. Vor ein paar Jahren hielten wir für Isaac eine Gedenkfeier ab, ich hielt eine Rede und sagte plötzlich: »Isaac ist jetzt im Himmel.« Es war das Komischste, was ich einem Publikum aus lauter Humanisten sagen konnte. Die Leute wälzten sich vor Lachen in den Gängen. Es dauerte mehrere Minuten, bis die Ordnung wiederhergestellt werden konnte. Und falls ich je sterben sollte, Gott behüte, hoffe ich, daß ihr sagen werdet: »Kurt ist jetzt im Himmel.« Das ist mein Lieblingswitz.

Was halten die Humanisten von Jesus? Ich sage über Jesus, wie alle Humanisten: »Wenn das, was er gesagt hat, gut ist, und so vieles davon ist absolut wunderschön, was macht es dann aus, ob er Gott war oder nicht?«

Aber wenn Christus die Bergpredigt nicht gehalten hätte, mit ihrer Botschaft von Gnade und Mitleid, wäre ich nicht gern ein Mensch. Dann schon eher eine Klapperschlange.

*

In den letzten paar Millionen Jahren waren die Menschenwesen hauptsächlich auf Vermutungen angewiesen. Die Hauptpersonen in unseren Geschichtsbüchern sind unsere spannendsten und manchmal unsere furchterregendsten Vermuter.

Darf ich zwei erwähnen?

Aristoteles und Hitler.

Ein guter Vermuter und ein schlechter.

Und die menschlichen Massen, die sich als ebenso unzureichend gebildet empfanden wie wir uns heute, und zwar mit Recht, hatten kaum eine andere Wahl, als von Zeitalter zu Zeitalter mal diesem, mal jenem Vermuter zu glauben.

Russen, die z.B. nicht viel von den Vermutungen Iwans des Schrecklichen hielten, konnten damit rechnen, daß ihnen der Hut auf dem Kopf festgenagelt wurde.

Wir müssen anerkennen, daß überzeugende Vermuter, sogar Iwan der Schreckliche, später in der Sowjetunion als Held gefeiert, uns manchmal den Mut gegeben haben, außergewöhnliche Qualen, die zu verstehen wir nie in der Lage gewesen wären, zu ertragen. Mißernten, Seuchen, Vulkanausbrüche, Totgeburten – die Vermuter gaben uns oft die Illusion, Pech und Glück wären verständlich und irgendwie intelligent und effizient zu handhaben. Ohne diese Illusion hätten wir alle vielleicht schon längst aufgegeben.

Aber die Vermuter wußten in Wirklichkeit auch nicht mehr als das gemeine Volk und manchmal weniger, sogar oder besonders wenn sie uns die Illusion vermittelten, wir hätten unser Geschick unter Kontrolle.

Das überzeugende Vermuten ist schon so lange der Kern der Menschenführung, der Kern bisher aller menschlichen Erfahrung, daß es überhaupt nicht überraschen kann, wenn die meisten Führer dieses Planeten, trotz aller Information, die uns plötzlich zur Verfügung steht, wollen, daß das Vermuten weitergeht. Sie vermuten und vermuten, und man hört ihnen zu, und so soll es bleiben. Heutzutage findet das lauteste und stolzeste Vermuten u. a. in Washington statt. Unseren Führern steht all die begründete Information, die durch Forschung und Lehre und investigativen Journalismus auf die Menschheit gekippt wurde, bis *hier*. Sie glauben, daß sie dem ganzen Land bis *hier* steht, und damit könnten sie recht haben. Sie wollen den Goldstandard nicht wieder einführen. Sie wollen etwas viel Grundlegenderes wieder einführen. Sie wollen den Schlangenölstandard wieder einführen.

Geladene Pistolen sind gut für jeden außer den Insassen von Gefängnissen und Irrenanstalten.

Das stimmt.

Millionen, die für die Volksgesundheit ausgegeben werden, heizen die Inflation an.

Das stimmt.

Milliarden, die für Waffen ausgegeben werden, senken die Inflation.

Das stimmt.

Rechte Diktaturen stehen den amerikanischen Idealen viel näher als linke.

Das stimmt.

Je mehr Wasserstoffbombensprengköpfe wir haben, die so eingestellt sind, daß sie jeden Augenblick losgehen können, desto sicherer ist die Menschheit und desto besser wird es der Welt gehen, die unsere Enkel erben werden.

Das stimmt.

Industrieabfall, besonders radioaktiver, schadet kaum je jemandem, weshalb alle das Maul halten sollten.

Das stimmt.

Die Industrie sollte alles dürfen, was sie will: bestechen, die Umwelt nur ein bißchen ruinieren, Preise festlegen, dumme Kunden bescheißen, die Konkurrenz abschaffen und das Finanzministerium ausrauben, wenn sie pleite ist.

Das stimmt.

Das ist freies Unternehmertum.

Und auch das stimmt.

Die Armen haben gründlich was falsch gemacht, sonst wären sie nicht so arm, also sollten ihre Kinder die Konsequenzen tragen.

Das stimmt.

Man kann von den Vereinigten Staaten von Amerika nicht erwarten, daß sie für ihr eigenes Volk sorgen.

Das stimmt.

Das wird der freie Markt schon tun.

Das stimmt.

Der freie Markt ist ein automatisches Gerechtigkeitssystem.

Das stimmt.

Ich habe nur Spaß gemacht.

Und wer tatsächlich ein gebildeter, denkender Mensch ist, wird in Washington, D. C., nicht willkommen sein. Ich kenne ein paar brillante Siebtkläßler, die in Washington, D. C., nicht willkommen wären. Erinnert ihr euch an diese Ärzte, die sich vor ein paar Monaten zusammengesetzt und verkündet haben, es sei eine schlichte, klare medizinische Tatsache, daß wir nicht einmal einen moderaten Angriff mit Wasserstoffbomben überleben können? Sie waren in Washington, D. C., nicht willkommen.

Selbst wenn wir die erste Salve mit Wasserstoffwaffen abfeuerten und der Feind nie zurückschösse, würden die freiwerdenden Gifte nach und nach den ganzen Planeten umbringen.

Wie sieht die Reaktion darauf in Washington aus? Sie vermuten was anderes. Wozu ist Bildung, Ausbildung, Schulbildung gut? Die munteren Vermuter haben immer noch das Sagen – die Informationshasser. Und die Vermuter sind fast alle bestens ausgebildete Leute. Denkt mal drüber nach. Sie mußten ihre Ausbildung wegschmeißen, sogar, wenn sie sie in Harvard oder Yale erworben hatten.

Wenn sie das nicht getan hätten, könnte ihr ungehindertes Vermuten nie und nimmer immer und immer und immer weitergehen. Macht so was bitte nicht. Aber wenn ihr den riesigen Wissensfundus, der gebildeten Menschen jetzt zur Verfügung steht, nutzt, werdet ihr verdammt einsam sein. Die Vermuter sind euch gegenüber in der Mehrzahl, und zwar – jetzt muß ich vermuten – im Verhältnis zehn zu eins.

*

Falls ihr es noch nicht mitgekriegt habt: Als Resultat einer schamlos manipulierten Wahl in Florida, in deren Verlauf Tausenden von Afro-Amerikanern willkürlich ihre bürgerlichen Ehrenrechte aberkannt wurden, präsentieren wir uns jetzt der übrigen Welt als stolze, grinsende, gnadenlose Kriegsgurgeln mit vorstehendem Kinn und entsetzlich machtvollem Waffenarsenal – ohne Gegner.

Falls ihr es noch nicht mitgekriegt habt: Wir werden jetzt weltweit so gefürchtet und gehaßt wie einst die Nazis.

Und das aus gutem Grund.

Falls ihr es noch nicht mitgekriegt habt: Unsere ungewählten Führer haben Millionen und Abermillionen von Menschenwesen nur wegen ihrer Religion und Rasse entmenschlicht. Wir verwundense und bringense um und folternse und kerkernse ein, mehr wollnwanich.

Kunststück.

Falls ihr es noch nicht mitgekriegt habt: Wir haben auch unsere eigenen Soldaten entmenschlicht, nicht wegen ihrer Religion oder Rasse, sondern wegen ihrer niederen Klassenzugehörigkeit.

Schicken wirse irgendwohin. Lassen wirse irgendwas machen.

Kunststück.

Der O'Reilly-Faktor.

Deshalb bin ich ein Mann ohne Land, außer für die Bibliothekarinnen und eine Chicagoer Zeitung namens *In These Times*.

Bevor wir den Irak angegriffen haben, garantierte die majestätische *New York Times*, daß dort Massenvernichtungswaffen waren.

Am Ende ihres Lebens befanden Albert Einstein und Mark Twain, mit der menschlichen Rasse habe es doch wohl keinen Sinn, obwohl Twain noch nicht einmal den Ersten Weltkrieg erlebt hatte. Krieg ist jetzt eine Form der Fernsehunterhaltung, und was den Ersten Weltkrieg so besonders unterhaltsam machte, waren zwei amerikanische Erfindungen, der Stacheldraht und das Maschinengewehr.

Das Schrapnell wurde von einem Engländer namens Shrapnel erfunden. Das wünscht man sich doch, daß etwas nach einem benannt wird, oder?

Wie die mir deutlich überlegenen Herren Einstein und Twain finde auch ich, daß es mit der menschlichen Rasse wohl doch keinen Sinn hat. Ich bin Veteran des Zweiten Weltkriegs und muß leider sagen, daß ich mich nicht zum erstenmal vor einer gnadenlosen Kriegsmaschinerie ergebe.

Meine letzten Worte? »Das Leben ist nichts,

was man einem Tier antun sollte, nicht einmal einer Maus.«

Das Napalm stammt aus Harvard. *Veritas!*

Unser Präsident ist Christ? Das war Adolf Hitler auch.

Was kann man unseren jungen Leuten sagen, jetzt, da psychopathische Persönlichkeiten, d. h. Personen ohne Gewissen, ohne Mitleid oder Scham, alles Geld des Finanzministeriums und der Großunternehmen eingesackt haben?

*

Und das Äußerste, was ich euch geben kann, damit ihr euch dran klammert, ist echt nicht viel wert. Nicht viel besser als gar nichts, und vielleicht ist es sogar ein bißchen schlechter als gar nichts. Es ist die Anmutung eines wahrhaft modernen Helden. Es ist, in all seiner Kargheit, das Leben des Ignaz Semmelweis, meines Helden.

Ignaz Semmelweis wurde im Jahre 1818 in Budapest geboren. Sein Leben überschnitt sich mit dem Leben meines Großvaters und mit dem eurer Großväter, und das mag uns vorkommen, als wäre es lange her, aber tatsächlich hat er erst gestern gelebt.

Er wurde Geburtshelfer, wodurch er bereits hinreichend zum modernen Helden geeignet sein dürfte. Er widmete sein Leben der Gesundheit von Babys und Müttern. Wir könnten mehr solche Helden gebrauchen. Bei Müttern, Babys, alten Leuten oder wer sonst heutzutage physisch oder ökonomisch schwach ist, gibt es verdammt wenig Fürsorge, während wir von den machthabenden Vermutern immer weiter industrialisiert und militarisiert werden.

Ich habe euch gesagt, wie neu all diese Information ist. Sie ist so neu, daß die Idee, manche Krankheiten entstünden durch Keime, erst etwa 140 Jahre alt ist. Das Haus, das mir in Sagaponack, Long Island, gehört, ist fast doppelt so alt. Ich weiß nicht, wie die Leute es geschafft haben, alt genug zu werden, um es fertigzubauen. Ich meine, die Theorie von den Keimen ist wirklich blutjung. Als mein Vater ein kleiner Junge war, lebte Louis Pasteur noch und war immer noch ganz schön umstritten. Es gab immer noch jede Menge Vermuter in hohen Ämtern, die wütend auf Menschen waren, die auf ihn hörten und nicht auf sie.

Ja, und Ignaz Semmelweis glaubte ebenfalls, daß Keime Krankheiten verursachen konnten. Er war entsetzt, als er in einer Entbindungsanstalt in Wien, Österreich, zu arbeiten begann, weil eine von zehn Müttern am Kindbettfieber starb.

Es waren arme Leute. Reiche Leute bekamen ihre Babys immer noch zu Hause. Semmelweis beobachtete die Gepflogenheiten im Krankenhaus und schöpfte den Verdacht, daß die Ärzte die Infektion zu den Patienten brachten. Er bemerkte, daß die Ärzte oft direkt vom Leichensezieren in der Pathologie in die Entbindungsstation gingen, um die Mütter zu untersuchen. Er schlug als Experiment vor, die Ärzte sollten sich die Hände waschen, bevor sie die Mütter anfaßten.

Was konnte beleidigender sein? Wie konnte er es wagen, sozial Höhergestellten einen solchen Vorschlag zu machen? Er war ein Niemand, wurde ihm klar. Er war von auswärts, ohne Freunde und Beschützer beim österreichischen Adel. Aber dies viele Sterben ging immer weiter, und Semmelweis, der viel weniger davon verstand, wie man in dieser Welt mit anderen Leuten zurechtkommt, als ihr und ich verstanden hätten, bat weiter seine Kollegen, sie sollten sich doch bitte die Hände waschen.

Schließlich willigten sie ein, in einer Laune von Hohn, von Satire, von Spott. Wie müssen sie ihre Hände eingeschäumt und eingeschäumt und geschrubbt und geschrubbt und unter den Fingernägeln gewütet haben.

Das Sterben hörte auf. Stellt euch das mal vor! Das Sterben hörte auf. Er hat all diesen Müttern das Leben gerettet.

Anschließend, könnte man sagen, hat er weitere Millionen von Leben gerettet – einschließlich, sehr gut möglich, eures und meins. Welchen Dank hatte Semmelweis von den Koryphäen seines Standes zu erwarten, den Mitgliedern der besten Wiener Gesellschaft, Vermutern allesamt? Er wurde aus dem Krankenhaus und dann gleich auch noch aus Österreich vertrieben, dessen Volk er so vorbildlich gedient hatte. Er beendete seine Karriere in einem Provinzhospital in Ungarn. Dort fand er dann, daß es mit der Menschheit – und das sind wir, mitsamt unserem Wissen des Informationszeitalters – wohl doch keinen Sinn hatte, und mit ihm auch nicht.

Eines Tages, im Präpariersaal, schnitt er sich absichtlich mit einem Skalpell, das er zuvor zum Sezieren einer Leiche verwendet hatte, in die Handfläche. Er starb bald darauf, wie er es erwartet hatte, an Blutvergiftung.

Die Vermuter hatten alle Macht gehabt. Wieder hatten sie gesiegt. Keime, genau. Die Vermuter enthüllten auch etwas über sich selbst, was wir heute gefälligst zur Kenntnis nehmen sollten. Sie sind nicht wirklich daran interessiert, Leben zu retten. Ihnen ist wichtig, daß auf sie gehört wird – während ihr Vermuten, egal, wie ignorant, munter weitergeht. Wenn es etwas gibt, was sie hassen, dann ist das ein kluger Mensch.

Seid trotzdem kluge Menschen. Rettet uns und euch ebenfalls das Leben. Seid ehrbar.

*

WE DO, DOODLEY DO,
DOODLEY DO, DOODLEY DO,
WHAT WE MUST,
MUDDILY MUST,
MUDDILY MUST,
MUDDILY MUST,
UNTIL WE BUST,
BODILY BUST,
BODILY BUST,
BODILY BUST.

— BOKONON

Wir tun, bis es uns schrägt,
was uns physisch behägt.
Wir tun, was uns physisch behägt,
bis es uns schrägt.
Wir tun, was uns physisch behägt,
bis es uns schrägt,
bis es uns schrägt,
körperlich schrägt.

– Bokonon

9

»Was du willst, das man dir tu', das füg auch allen andern zu.« Viele glauben, Jesus hätte das gesagt, weil es so sehr den Sachen entspricht, die Jesus gern gesagt hat. In Wirklichkeit hat es aber Konfuzius gesagt, ein chinesischer Philosoph, fünfhundert Jahre bevor es dieses größte und menschlichste Menschenwesen namens Jesus Christus gab.

Den Chinesen verdanken wir außerdem, über Marco Polo, Nudeln und die Formel für Schießpulver. Die Chinesen waren so dumm, daß sie Schießpulver nur für Feuerwerk verwendeten. Und damals waren alle so dumm, daß in beiden Hemisphären keiner auf die Idee kam, es könnte noch eine zweite geben.

Wir haben es seitdem wirklich herrlich weit gebracht. Manchmal wünschte ich, wir hätten es nicht so weit gebracht. Ich hasse Wasserstoffbomben und die Jerry-Springer-Show.

Aber zurück zu Leuten wie Konfuzius und Jesus und Mark, meinem-Sohn-dem-Arzt, von denen jeder auf seine eigene Weise gesagt hat, wie wir uns menschlicher benehmen und die Welt vielleicht zu einem weniger schmerzvollen Ort machen könnten. Einer meiner Lieblingsmenschen ist Eugene Debs, aus Terre Haute in meinem Heimatstaat Indiana.

Hört euch das mal an. Eugene Debs, der 1926 starb, als ich noch keine vier Jahre alt war, kandidierte fünfmal als Kandidat der Sozialistischen Partei für das Amt des Präsidenten und bekam 900 000 Stimmen, das waren 1912 fast 6 Prozent der tatsächlich abgegebenen Stimmen, falls ihr euch so eine Abstimmung überhaupt vorstellen könnt. Während seines Wahlkampfs hatte er dies zu sagen:

> Solang es eine Unterschicht gibt, gehöre
> ich ihr an.
> Solang es ein kriminelles Element gibt,
> gehöre ich dazu.
> Solang eine Seele im Kerker schmachtet,
> bin ich nicht frei.

Müßt ihr nicht bei allem Sozialistischen kotzen? Wie bei großartigen Gemeinschaftsschulen oder Krankenversicherung für alle?

Wenn ihr jeden Morgen beim ersten Hahnenschrei aus dem Bett steigt, würdet ihr dann nicht gern sagen: »Solang es eine Unterschicht gibt, gehöre ich ihr an. Solang es ein kriminelles Element gibt, gehöre ich dazu. Solang eine Seele im Kerker schmachtet, bin ich nicht frei«? Und wie ist es mit der Bergpredigt Jesu, mit den Seligpreisungen?

> Selig sind, die da geistlich arm sind, denn
> das Himmelreich ist ihr.
> Selig sind, die da Leid tragen, denn sie sollen
> getröstet werden.
> Selig sind die Friedfertigen, denn sie werden
> Gottes Kinder heißen.

Und so weiter.

Nicht gerade die Planken in einer republikanischen Wahlplattform. Nicht gerade George-W.-Bush-, Dick-Cheney- oder Donald-Rumsfeld-Zeug.

Aus irgendeinem Grunde erwähnen die lautstärksten Christen unter uns nie die Seligpreisungen. Aber sie verlangen, oft mit Tränen in den Augen, daß die Zehn Gebote in öffentlichen Gebäuden angebracht werden. Und das ist natürlich Moses, nicht Jesus. Ich habe noch nie gehört, daß einer von denen verlangt hätte, die Bergpredigt, die Seligpreisungen, sollten irgendwo angebracht werden.

»Selig sind, die da Leid tragen« in einem Gerichtssaal? »Selig sind die Friedfertigen« im Pentagon? Daß ich nicht lache!

*

Zufällig gibt es genug Idealismus für alle, und er besteht nicht aus parfümierten rosa Wolken. Er ist das Gesetz! Er ist die Verfassung der USA.

Aber ich habe das Gefühl, daß unser Land, für dessen Verfassung ich in einem gerechten Krieg gekämpft habe, genausogut von Marsmenschen und Leichenräubern unterwandert worden sein könnte. Manchmal wünschte ich, es wäre das. Statt dessen wurde es durch den schäbigsten, klamottigsten, Keystone-Cops-mäßigen Staatsstreich übernommen, den man sich nur vorstellen kann.

Ich wurde mal gefragt, ob ich irgendwelche Ideen für eine wirklich gruselige Reality-TV-Show habe. Ich habe eine Reality-Show, die euch wirklich die Haare zu Berge stehen lassen würde: »Yale-Studenten mit der Abschlußnote 3«.

George W. Bush hat 3er-Studenten aus der allerbesten Gesellschaft um sich versammelt, die nichts von Geschichte oder Geographie verstehen, plus gar nicht mal so verstohlene Verfechter der Vorherrschaft der weißen Rasse, auch als Christen bekannt, sowie, plus, am beängstigendsten, psychopathische Persönlichkeiten, oder PPs, der medizinische Ausdruck für schlaue, umgängliche Menschen, die kein Gewissen haben.

Wenn man sagt, jemand ist eine PP, dann ist das eine vollkommen respektable Diagnose, als sagte man, er oder sie hat Blinddarmentzündung oder Fußpilz. Der klassische medizinische Text über PPs ist *The*

Mask of Sanity von Dr. Hervey Checkley, Professor für Klinische Psychiatrie am Medical College von Georgia, 1941 erschienen. Lest es!

Manche Menschen werden taub geboren, manche Menschen blind oder sonstwas, und in diesem Buch geht es um Menschen mit einem angeborenen Defekt, die dies Land und viele andere Teile des Planeten heutzutage in den absoluten Kuddelmuddel treiben. Diese Menschen wurden ohne Gewissen geboren, und plötzlich übernehmen sie überall die Macht.

PPs sind durchaus präsentabel, sie wissen genau, wie sehr andere unter ihren Taten leiden können, aber es ist ihnen wurscht. Es kann ihnen gar nicht anders als wurscht sein, weil sie bescheuert sind. Bei ihnen ist eine Schraube locker!

Und welches Syndrom beschreibt so viele leitende Angestellte bei Enron und WorldCom und so weiter und so fort besser, die sich bereichert haben, während sie ihre Angestellten und Investoren und ihr Land ruinierten, und sich immer noch so rein vorkommen wie der frischgefallene Schnee, egal, was man zu ihnen oder über sie sagt? Und sie führen einen Krieg, der Milliardäre aus Millionären macht und Billionäre aus Milliardären, und ihnen gehört das Fernsehen, und sie finanzieren George Bush, und das tun sie bestimmt nicht, weil er gegen die Homo-Ehe ist.

So viele dieser herzlosen PPs haben jetzt Riesenjobs in unserer Bundesregierung, als wären sie Führer, anstatt krank. Sie haben den Laden übernommen. Sie haben die Kommunikation und die Schulen übernommen, so daß wir auch gleich das besetzte Polen sein könnten.

Vielleicht fanden sie, daß es einfach entschlußfreudig war, unser Land in einen endlosen Krieg zu treiben. Die PPs haben es in vielen Firmen – und jetzt in der Regierung – so weit gebracht, weil sie so entschlußfreudig sind. Jeden gottverdammten Scheiß-Tag werden sie etwas anstellen, und sie haben keine Angst. Im Gegensatz zu normalen Menschen sind sie nie von Zweifeln erfüllt, und das aus dem einfachen Grund, daß es ihnen scheißegal ist, was als nächstes passiert. Ist so, muß so sein. Tut dies! Tut das! Macht die Reserve mobil! Privatisiert die Schulen! Greift den Irak an! Fahrt die öffentlichen Ausgaben für Gesundheit runter! Zapft alle Telefone an! Senkt die Steuern für die Reichen! Baut ein Billionen Dollar teures Raketenabwehrsystem! Scheißt auf *Habeas Corpus* und den Sierra Club und *In These Times* und leckt mich am Arsch!

Unsere heißgeliebte Verfassung hat einen Makel, und ich weiß nicht, was man tun kann, um den zu beheben. Dies ist er: Nur Irre wollen Präsident werden. Das stimmte sogar schon in der Schule. Nur eindeutig gestörte Menschen bewarben sich um das Amt des Klassensprechers.

*

Der Titel des Films *Fahrenheit 9/11* von Michael Moore ist eine Parodie auf den Titel von Ray Bradburys großartigem Science-Fiction-Roman *Fahrenheit 451*. Vierhunderteinundfünfzig Grad Fahrenheit bezeichnet die Temperatur, bei der Papier Feuer fängt, das Material, aus dem Bücher hergestellt werden. Der Held von Bradburys Roman ist ein städtischer Angestellter, dessen Job darin besteht, Bücher zu verbrennen.

Wo wir gerade beim Thema der Bücherverbrennung sind, möchte ich Bibliothekarinnen und Bibliothekaren gratulieren, die nicht gerade für physische Kraft, ihre mächtigen politischen Verbindungen oder großen Wohlstand bekannt sind, sich aber standhaft im ganzen Land antidemokratischen Rüpeln widersetzt haben, die versuchten, gewisse Bücher aus den Regalen zu entfernen, und deshalb haben sie lieber Unterlagen vernichtet, als der Gedankenpolizei die Namen der Personen mitzuteilen, die diese Titel ausgeliehen hatten.

Also existiert das Amerika, das ich liebte, noch, wenn auch nicht im Weißen Haus, dem Obersten Gerichtshof, dem Senat, dem Repräsentantenhaus oder den Medien. Das Amerika, das ich geliebt habe, existiert immer noch an den Ausgabetischen unserer öffentlichen Büchereien.

Und weiter zum Thema Bücher: Unsere täglichen Nachrichtenquellen, Zeitungen und Fernsehen, sind inzwischen im Dienste des amerikanischen Volks so feige, so unwachsam, so uninformativ, daß wir nur noch aus Büchern erfahren, was wirklich los ist.

Ich will ein Beispiel anführen: *Die Bushs und die Sauds* von Craig Unger, früh im Jahre 2004 erschienen, jenem demütigenden, schmachvollen, blutgetränkten Jahr.

*

THAT'S THE END OF GOOD NEWS ABOUT ANYTHING. OUR PLANET'S IMMUNE SYSTEM IS TRYING TO GET RID OF PEOPLE. THIS IS SURE THE WAY TO DO THAT.

KV

6 AM 11/3/04

Schluß ist mit
guten Nachrichten, egal
worüber. Das Immunsystem
unseres Planeten versucht,
die Menschen abzustoßen.
Und genauso, wie es das
macht, macht man so was.

KV

6 Uhr früh 3.11.04

10

Eine leicht bescheuerte Frau aus Ypsilanti schickte mir vor ein paar Jahren einen Brief. Sie wußte, daß auch ich leicht bescheuert bin, d.h. lebenslanger Nordstaaten-Demokrat in der Franklin-Delano-Roosevelt-Tradition, ein Freund der Malocher. Sie war gerade dabei, ein Kind zu kriegen – nicht von mir –, und wollte wissen, ob es verwerflich sei, so ein süßes und unschuldiges Geschöpf zur Welt zu bringen – auf eine Welt, die so schlimm ist wie unsere.

Sie schrieb: »Ich wüßte zu gern, was Sie über eine Frau von 43 Jahren denken, die endlich ein Kind kriegen wird, aber Bedenken hat, ein neues Leben in eine so beängstigende Welt zu setzen.«

Lassen Sie's! wollte ich ihr sagen. Es könnte ein weiterer George W. Bush oder eine neue Lucrezia Borgia werden. Das Balg hätte Glück, in eine Gesellschaft hineingeboren zu werden, in der sogar die Armen übergewichtig sind, aber Pech, in einer zu leben, in der es für die meisten weder Gesundheitsvorsorge noch anständige Schulbildung gibt, wo tödliche Injektionen und das Führen von Kriegen Formen der Unterhaltung sind und wo es – ganz wörtlich genommen – einen Arm und ein Bein kostet, aufs College zu gehen. Das wäre nicht der Fall, wenn das Balg ein Scheißkanadier, ein Scheißschwede, ein Scheißengländer, ein Scheißfranzose oder ein Scheißdeutscher wäre. Also: Verhüten oder auswandern.

Aber ich erwiderte, daß das, was für mich das Leben, außer Musik, schon fast der Mühe wert machte, all die Heiligen wären, die ich kennengelernt hätte, die überall sein könnten. Mit Heiligen meinte ich Menschen, die sich in einer erstaunlich unanständigen Gesellschaft anständig benehmen.

*

Joe, ein junger Mann aus Pittsburgh, haute mich mit einem einzigen Wunsch an: »Bitte sagen Sie mir, es wird alles gut.«

»Willkommen auf Erden, junger Mann«, sagte ich. »Im Sommer ist es heiß, und im Winter ist es kalt. Sie ist rund und naß und überfüllt. Auf ihrer Oberfläche, Joe, haben Sie, grob gerechnet, hundert Jahre zu verbringen. Es gibt nur eine Regel, die ich kenne: Verdammtnochmal, Joe, Sie müssen freundlich sein!«

*

Ein junger Mann in Seattle hat mir vor kurzem geschrieben:

> Neulich wurde von mir die inzwischen verbreitete Tätigkeit verlangt, auf dem Flughafen bei der Sicherheitskontrolle die Schuhe auszuziehen. Als ich meine Schuhe in dieser Schale hinterlegte, durchzuckte mich eine Ahnung äußerster Absurdität. Ich muß die Schuhe ausziehen und röntgen lassen, weil irgendein Typ versucht hat, eine Linienmaschine mit seinen Turnschuhen in die Luft zu sprengen. Und ich dachte: Ich komme mir vor wie in einer Welt, die sich nicht mal Kurt Vonnegut hätte ausdenken können. Da ich nun glaube, Ihnen solche Fragen stellen zu können, sagen Sie mir bitte: Hätten Sie sie sich ausdenken können? (Wenn jemand Explosivhosen erfindet, sitzen wir nämlich wirklich in der Tinte.)

Ich schrieb zurück:

> Die Sache mit den Schuhen auf Flughäfen und Code Orange und so weiter sind Streiche von Weltklasse, wohl wahr. Aber mein immerwährender Lieblingsstreich wurde vom heiligen, kriegsgegnerischen Clown Abbie Hoffman (1936–1989) ausgeheckt. Er verkündete, der neueste Hit wären Bananenschalen, rektal eingenommen. Daraufhin haben sich FBI-Wissenschaftler Bananenschalen in den Arsch gestopft,

> um herauszufinden, ob das stimmte oder eher doch nicht. Haben wir zumindest gehofft.

*

Die Menschen haben so viel Angst. Zum Beispiel der Mann, ohne Adresse, der schrieb:

> Wenn Sie wüßten, daß ein Mann eine Gefahr für Sie darstellt – vielleicht hat er eine Pistole in der Tasche, und Sie haben den Eindruck, daß er keinen Augenblick zögern würde, sie gegen Sie einzusetzen –, was würden Sie tun? Wir wissen, daß der Irak eine Gefahr für uns darstellt, für uns und die ganze Welt. Warum sitzen wir hier herum und tun, als wären wir beschützt? Das ist genau das, was mit Al-Qaida und 9/11 passiert ist. Beim Irak besitzt die Gefahr jedoch weit größere Ausmaße. Sollten wir uns bequem zurücklehnen, sollten wir kleine Kinder sein, die einfach angsterfüllt herumsitzen und abwarten?

Ich schrieb zurück:

> Bitte, uns allen zuliebe, nehmen Sie sich eine Flinte, vorzugsweise eine doppelläufige .45er, und pusten Sie in Ihrer näheren Umgebung allen, Polizisten ausgenommen, den Kopf weg, die bewaffnet sein könnten.

*

Ein Mann aus Little Deer Isle, Maine, hat mir geschrieben und mich folgendes gefragt:

> Was motiviert eigentlich Al-Qaida wirklich zum Töten und zur Selbstzerstörung? Der Präsident sagt: »Sie hassen unsere Freiheiten« – unsere Religionsfreiheit, unsere Redefreiheit, unsere Freiheit, zu wählen und uns zu versammeln und miteinander nicht übereinzustimmen, was man bestimmt nicht von den Gefangenen in Guantánamo gehört hat oder was man ihm in seinen Briefings erzählt. Warum lassen Kommunikationsindustrie und unsere gewählten Politiker Bush ungestraft einen solchen Mist verzapfen? Und wie kann es je Frieden geben, und gar Vertrauen zu unseren Führern, wenn dem amerikanischen Volk nicht die Wahrheit gesagt wird?

Tja, man möchte sich wünschen, daß jene, die mit Hilfe eines Micky-Maus-Staatsstreichs unsere Bundesregierung und damit die ganze Welt an sich gerissen haben, die sämtliche Alarmvorrichtungen, die die Verfassung vorschreibt, also Kongreß und Senat und Obersten Gerichtshof und Uns, das Volk, abgeschaltet haben, wahrhaft christlich wären. Aber, wie William Shakespeare uns vor langer Zeit sagte: »Der Teufel kann aus der Bibel zitieren, wenn's seinen Zielen nützt.«

Oder, wie es ein Mann aus San Francisco in einem Brief an mich ausdrückte:

> Wie kann die amerikanische Öffentlichkeit nur so dumm sein? Die Menschen glauben immer noch, daß Bush gewählt wurde, daß wir ihm nicht gleichgültig sind und daß er einen Schimmer hat, was er macht. Wie können wir Menschen »retten«, indem wir sie umbringen und ihr Land zerstören? Wie können wir zuerst zuschlagen, weil wir glauben, bald angegriffen zu werden? Weder rational noch mit Vernunft, noch mit Moral konnte man zu ihm durchdringen. Er ist nichts als eine debile Marionette, die uns alle in den Abgrund führt. Warum sehen die Menschen nicht, daß der Militärdiktator im Weißen Haus keine Kleider anhat?

Ich habe ihm gesagt, wenn er Zweifel daran hege, daß wir Dämonen in der Hölle sind, sollte er *Der geheimnisvolle Gast* lesen, von Mark Twain im Jahre 1898 geschrieben, lange vor dem Ersten Weltkrieg (1914–1918). In der Titelgeschichte beweist er zu seiner eigenen grimmigen Genugtuung, und zu meiner ebenfalls, daß Satan und nicht Gott den Planeten Erde erschaffen hat sowie »die verdammte menschliche Rasse«. Wenn ihr das bezweifelt, lest eure Morgenzeitung. Egal, welche. Egal, von welchem Datum.

*

WHAT IS IT,
WHAT CAN IT
POSSIBLY BE
ABOUT
BLOW JOBS
AND GOLF?

— MARTIAN VISITOR

Was ist es,
was kann es
bloß auf sich haben
mit
Fellatio
und Golf?

(Besucherin vom Mars)

11

Also, ich habe eine gute und eine schlechte Nachricht für euch. Die schlechte Nachricht ist, daß die Marsmenschen in New York City gelandet und im Waldorf Astoria abgestiegen sind. Die gute Nachricht ist, daß sie nur obdachlose Männer, Frauen und Kinder aller Farben fressen und Benzin pinkeln.

Füllt das Pipi in einen Ferrari, und ihr könnt mit 160 km/h durch die Gegend brausen. Füllt es in ein Flugzeug, und ihr könnt so schnell wie ein Geschoß durch die Luft fliegen und allen möglichen Kack auf Araber schmeißen. Füllt es in einen Schulbus, und die Gören kommen damit in die Schule. Füllt es in ein Feuerwehrauto, und es schafft die Feuerwehrleute zum Feuer, damit sie das Feuer löschen können. Füllt es in einen Honda, und es schafft euch zur Arbeit und zurück. Und wartet, bis ihr hört, was die Marsmenschen kacken. Sie kacken Uran. Ein einziger Haufen kann jedes Heim und jede Schule und Kirche und jedes Geschäft in Tacoma beleuchten und heizen.

Aber ernsthaft, wenn ihr euch mit den Käseblättern, die man im Supermarkt kriegt, auf dem laufenden haltet, wißt ihr, daß ein Team von Marsanthropologen seit zehn Jahren unsere Kultur studiert, weil unsere Kultur die einzige auf dem ganzen Planeten ist, die überhaupt einen Pfifferling wert ist. Brasilien und Argentinien könnt ihr mit Sicherheit vergessen.

Jedenfalls sind sie letzte Woche nach Hause geflogen, weil sie wußten, wie schrecklich die globale Erwärmung bald werden würde. Ihr Raumfahrzeug war übrigens keine Fliegende Untertasse. Es ähnelte eher einer Fliegenden Suppenterrine. Und daß sie klein sind, stimmt, nur etwa 15,24 Zentimeter hoch. Aber sie sind nicht grün. Sie sind mauve.

Und ihre kleine mauve-farbene Anführerin sagte zum Abschied mit ihrer kleinen piepsi-pupsi blechisprechi Stimme, es gäbe zwei Sachen an der amerikanischen Kultur, die kein Marsmensch je verstehen werde.

»Was ist es«, fiepte sie, »was kann es bloß auf sich haben mit Fellatio und Golf?«

Das ist Stoff aus einem Roman, an dem ich jetzt schon seit fünf Jahren arbeite, über Gil Berman, sechsunddreißig Jahre jünger als ich, einen Standup-Comedian am Ende der Welt. Es geht darum, wie man Witze reißt, während wir alle Fische im Ozean umbringen und den letzten Klumpen oder Tropfen oder Hauch fossilen Öls verballern. Aber der Roman will sich nicht beenden lassen.

Sein Arbeitstitel – oder, in Wahrheit, sein Arbeitsverweigerungstitel – lautet *Wenn Gott heute lebte*. Und, hey, hört zu, es ist an der Zeit, Gott dafür zu danken, daß wir in einem Land leben, in dem selbst die Armen übergewichtig sind. Aber damit könnte die Bush-Diät aufräumen.

Und über den Roman, den ich nie fertig kriege, *Wenn Gott heute lebte*: Da prangert der Held nicht nur unsere Sucht nach fossilen Brennstoffen und die Dealer im Weißen Haus an, sondern wegen der Überbevölkerung ist er auch gegen den Geschlechtsverkehr. Gil Berman sagt zu seinem Publikum:

> Ich bin zu einem glühenden Neutrum geworden. Ich bin so zölibatär wie mindestens fünfzig Prozent des heterosexuellen katholischen Klerus. Und der Zölibat ist keine Zahnwurzelbehandlung. Er ist so billig und bequem. Von wegen *safer Sex*, von wegen Verhütung! Man braucht danach überhaupt nichts zu tun, weil es kein Danach gibt.
>
> Und wenn mein Koller, denn so nenne ich meinen Fernseher, mir Titten und Lächeln ins Gesicht schleudert und sagt, außer mir wird es jeder heute nacht heftig treiben, der nationale Notstand sei ausgebrochen, und ich müsse sofort raus und ein Auto oder Pillen kaufen oder ein zusammenklappbares Fitneß-Studio, das ich unterm Bett aufbewahren kann, dann lache ich wie eine Hyäne. Ich weiß, und ihr

wißt, daß Millionen und Abermillionen guter Amerikaner, Anwesende nicht ausgeschlossen, heute nacht keinerlei Verkehr haben werden.

Und wir glühenden Neutren wählen! Ich freue mich auf einen Tag, an dem der Präsident der Vereinigten Staaten, kein Geringerer, der es heute nacht wahrscheinlich auch nicht treiben wird, einen Nationalen Neutrenstolztag ausrufen wird. Zu Millionen werden wir aus unseren Wandschränken strömen. Schultern gestrafft, Kinn in die Höh', so werden wir durch die Hauptstraßen dieser unserer tittenversessenen Demokratie marschieren und dabei lachen wie die Hyänen.

Was ist mit Gott? Wenn er heute lebte? Gil Berman sagt: »Gott würde Atheist sein müssen, denn das Exkrement hat sichtbar den Siedepunkt erreicht, und zwar diesmal aber richtig.«

*

Ich glaube, einer der schlimmsten Fehler, die wir machen, schlimmer ist eigentlich nur noch, daß wir Leute sind, hat damit zu tun, was Zeit in Wirklichkeit ist. Wir haben all diese Instrumente, um sie in Scheiben zu schneiden wie eine Salami, Uhren und Kalender, und wir versehen die Scheiben mit Namen, als gehörten sie uns und könnten sich nie ändern – »11:00 Uhr,

11. November 1918« z.B. –, wo sie doch genausogut auch in kleine Stücke zerbrechen oder davonkullern könnten wie Quecksilberkügelchen.

Wäre es dann nicht möglich, daß der Zweite Weltkrieg der Grund für den Ersten war? Andernfalls bleibt der Erste unerklärlicher Unsinn der schaurigsten Sorte. Oder versucht es hiermit: Ist es möglich, daß scheinbar unglaubliche Genies wie Bach und Einstein in Wahrheit gar nicht übermenschlich waren, sondern ganz schlicht Plagiatoren, die tolles Zeug aus der Zukunft abgekupfert haben?

*

Am Dienstag, dem 20. Januar 2004, schickte ich Joel Bleifuss, meinem Redakteur bei *In These Times*, dieses Fax:

Hier Alarmstufe Orange.
Ökonomischer Terrorangriff
gegen 20 Uhr erwartet. KV

Besorgt rief er an und fragte, was los sei. Ich sagte, ich würde es ihm sagen, sobald ich vollständigere Informationen über die Bomben hätte, die George Bush in seiner Rede zur Lage der Nation hochgehen lassen würde.

In jener Nacht rief mich mein Freund, der vergriffene Science-Fiction-Autor Kilgore Trout, an: Er fragte mich: »Hast du den Bericht zur Lage der Nation gesehen?«

»Ja, und dabei habe ich doch gleich an das gedacht, was der große britische sozialistische Dramatiker George Bernard Shaw über diesen Planeten gesagt hat.«

»Und zwar?«

»Er hat gesagt: ›Ich weiß nicht, ob es Menschen auf dem Mond gibt, aber wenn es welche gibt, müssen sie die Erde als ihre Irrenanstalt benutzen.‹ Und er meinte nicht die Keime oder die Elefanten. Er meinte uns, die Menschen.«

»Okay.«

»Du meinst nicht, dies ist die Irrenanstalt des Universums?«

»Kurt, ich glaube nicht, daß ich eine in diese oder jene Richtung gehende Meinung geäußert habe.«

»Wir bringen diesen Planeten als Lebenserhaltungssystem mit den Giften von all dem thermodynamischen Rabatz um, den wir mit Atomenergie und fossilen Brennstoffen veranstalten, und jeder weiß es, und praktisch niemandem macht es was aus. So wahnsinnig sind wir. Ich glaube, das Immunsystem des Planeten versucht, uns mit Aids und neuen Grippeviren und Tuberkuloseerregern und so weiter loszuwerden. Wir sind wirklich abscheuliche Tiere. Ich meine, dieser dumme Barbra-Streisand-Song, ›People who need people are the luckiest people in the world‹ – da spricht sie über Kannibalen. Jede Menge zu essen. Ja, der Planet versucht, uns loszuwerden, aber ich glaube, es ist zu spät.«

Und ich verabschiedete mich von meinem Freund, legte auf und schrieb diesen Grabspruch: »Die gute Erde – wir hätten sie retten können, aber wir waren zu verdammt schäbig und faul.«

LIFE
IS NO WAY
TO
TREAT AN
ANIMAL

Das Leben
ist nichts,
was man einem Tier
antun sollte.

PECULIAR
TRAVEL SUGGESTIONS
ARE
DANCING LESSONS
FROM GOD.

—BOKONON

Eigentümliche
Reisevorschläge
sind
Tanzstunden
von Gott.

– Bokonon

12

Ich war einst Eigentümer und Geschäftsführer einer Autohandlung in West Barnstable, Massachusetts, namens Saab Cape Cod. Sie und ich gingen vor dreiunddreißig Jahren pleite. Der Saab war damals, wie heute, ein schwedisches Auto, und ich glaube jetzt, daß mein Versagen als Autohändler vor so langer Zeit etwas erklärt, was sonst ein tiefes Mysterium bleiben würde: Warum die Schweden mir nie einen Nobelpreis für Literatur verliehen haben. Altes norwegisches Sprichwort: »Schweden haben kurze Pimmel, aber ein langes Gedächtnis.«

Hört zu: Vom Saab gab es damals nur ein Modell, einen Käfer wie den VW, eine zweitürige Limousine, aber mit Frontantrieb. Er hatte Selbstmordtüren, die sich mit dem Fahrtwind öffneten. Anders als alle anderen Autos, aber genau wie euer Rasenmäher und euer Außenbordmotor, war er nicht viertakt-, sondern zweitaktbetrieben. Deshalb mußte man jedesmal, wenn man seinen Tank mit Benzin füllte, außerdem auch noch eine Dose Öl einfüllen. Heterosexuelle Frauen taten das, aus welchem Grund auch immer, nicht gern.

Das Hauptverkaufsargument war, daß ein Saab einen VW an der Ampel alt aussehen lassen konnte. Aber wenn man selbst oder die bezaubernde Partnerin es unterlassen hatte, beim letzten Tankvorgang Öl hinzuzufügen, wurden man selbst und das Auto zum Feuerwerk. Außerdem hatte der Saab Vorderradantrieb, was auf schlüpfrigem Pflaster oder beim Beschleunigen in Kurven hinein eine gewisse Hilfe darstellte. Und da war noch dies. Wie mir ein möglicher Kunde mal sagte: »Sie machen die besten Uhren. Warum sollen sie dann nicht auch die besten Autos machen?« Ich konnte nicht umhin zuzustimmen.

Damals war der Saab weit davon entfernt, die schnittige, kraftvolle Viertakt-Yuppie-Uniform zu sein, die er heute ist. Er war der feuchte Traum, wenn ihr so wollt, von Ingenieuren in einer Flugzeugfabrik, die noch nie ein Auto gebaut hatten. Habe ich feuchter Traum gesagt? Stellt euch dies mal vor: Am Armaturenbrett war ein Ring, dieser Ring war mit einer Kette verbunden, die über Flaschenzüge in den Motorbereich lief. Zog man dran, schloß sich eine Art Springrollo hinter dem Kühlergrill. Damit sollte der Motor warmgehalten werden, während man irgendwohin ging. Wenn man also zurückkam, falls man nicht zu lange weg gewesen war, sprang der Motor gleich wieder an.

Aber wenn man zu lange wegblieb, Springrollo hin, Springrollo her, trennte sich das Öl vom Benzin und sank wie Melasse auf den Boden des Tanks. Wenn man den Motor also wieder anließ, senkte man einen Rauchvorhang über die Szenerie wie ein Zerstörer in der Seeschlacht. Und auf diese Weise habe ich tatsächlich mal um zwölf Uhr mittags die ganze Stadt Woods Hole von vorn bis hinten eingeschwärzt, nachdem ich einen Saab dort etwa eine Woche lang auf einem Parkplatz hatte stehenlassen. Ich habe gehört, daß sich die alten Leute von Woods Hole bis auf den heutigen Tag laut fragen, woher all dieser Rauch gekommen sein mag. Da spricht man dann schlecht über schwedische Ingenieurskunst und hat selbst schuld, wenn man keinen Nobelpreis kriegt.

*

Es ist verdammt schwer, Witze so hinzukriegen, daß sie funktionieren. In *Katzenwiege* zum Beispiel gibt es diese sehr kurzen Kapitel. Jedes steht für die Arbeit eines Tages, und jedes ist ein Witz. Wenn ich über eine tragische Situation schriebe, wäre es nicht nötig, sie mit einem Timing zu versehen, um sicherzugehen, daß das Ding funktioniert. Bei einer tragischen Szene kann man gar nichts falsch machen. Sie muß einfach zu Herzen gehen, wenn alle richtigen Elemente vorhanden sind. Aber ein Witz ist, als bastelte man eine

Mausefalle aus dem Nichts. Man muß ziemlich schwer arbeiten, damit das Ding zuschnappt, wenn es zuschnappen soll.

Ich höre mir immer noch komische Sendungen an, und viele gibt es davon nicht mehr. Am schönsten sind immer noch die alten Aufnahmen von Groucho Marx' Quiz-Show *You Bet Your Life*. Ich habe komische Autoren gekannt, die aufhörten, komisch zu sein, die ernsthafte Menschen wurden und keine Witze mehr machen konnten. Ich denke da an Michael Frayn, den britischen Autor, der *The Tin Men* geschrieben hat. Er ist ein sehr ernster Mensch geworden. Etwas ist in seinem Kopf passiert.

Humor ist eine Methode, sich die Erkenntnis, wie gräßlich das Leben sein kann, vom Leibe zu halten, um sich zu schützen. Irgendwann wird man einfach zu müde, und die Nachrichten, die auf einen einstürmen, sind zu gräßlich, und Humor funktioniert nicht mehr. Jemand wie Mark Twain fand das Leben ziemlich grauenhaft, hielt das Grauen aber mit Witzen und so weiter in Schach, doch irgendwann gelang ihm das nicht mehr. Seine Frau, sein bester Freund und zwei seiner Töchter waren gestorben. Wenn man lang genug lebt, neigen viele Menschen, die einem nahestehen, zum Sterben.

Es kann sein, daß ich keine Scherze mehr machen kann – daß dies kein befriedigender Verteidigungsmechanismus mehr ist. Manche Menschen sind komisch, und manche sind es nicht. Ich war mal komisch, und vielleicht bin ich es nicht mehr. Vielleicht hat es so viele Schocks und Enttäuschungen gegeben, daß es mit der Verteidigung durch Humor nicht mehr klappt. Vielleicht bin ich so brummig geworden, weil ich so viele Sachen gesehen habe, die mich gekränkt haben, mit denen ich nicht über Gelächter klarkomme.

Dies mag bereits geschehen sein. Ich weiß wirklich nicht, was ich von jetzt an werden werde. Ich bleibe einfach erst mal dabei, um zu sehen, was mit diesem meinem Körper und diesem meinem Hirn als nächstes geschehen wird. Ich bin entsetzt, daß ich Schriftsteller geworden bin. Ich glaube nicht, daß ich mein Leben oder mein Schreiben kontrollieren kann. Jeder andere Schriftsteller, den ich kenne, hat das Gefühl, er steuere sich selbst, und ich habe dieses Gefühl nicht. Ich habe diese Kontrolle nicht. Ich werde nur.

Alles, was ich wirklich wollte, war, Menschen die Erleichterung des Lachens zu verschaffen. Humor kann Linderung bringen, wie eine Aspirintablette. Wenn die Menschen in hundert Jahren immer noch lachen, würde mich das ganz bestimmt freuen.

*

Ich entschuldige mich bei allen von euch, die so alt sind wie meine Enkel. Und viele von denen, die dies lesen, sind wahrscheinlich so alt wie meine Enkel. Sie, wie ihr, werden von unseren Baby-Boomer-Großunternehmen und von unserer Baby-Boomer-Regierung in geradezu grandioser Weise beschissen und belogen.

Ja, dieser Planet ist in einem furchtbaren Zustand. Aber das war er immer schon. Es hat nie eine »gute alte Zeit« gegeben, es hat nur Zeit gegeben. Und wie ich meinen Enkeln sage: »Seht mich nicht an. Ich bin gerade erst dazugestoßen.«

Es gibt alte Kacker, die sagen, man wird nicht erwachsen, bevor man nicht irgendwie, wie sie, eine berühmte Katastrophe überlebt hat – die Depression, den Zweiten Weltkrieg, Vietnam, irgendwas. Geschichtenerzähler sind für diesen zerstörerischen, um nicht zu sagen: selbstmörderischen Mythos verantwortlich. In Geschichten ist immer und immer wieder, nach irgendeinem schrecklichen Kuddelmuddel, die Hauptperson in der glücklichen Lage, schlußendlich zu sagen: »Heute bin ich eine Frau. Heute bin ich ein Mann. Ende.«

Als ich aus dem Zweiten Weltkrieg nach Hause kam, klopfte mir mein Onkel Dan auf den Rücken und sagte: »Jetzt bist du ein Mann.« Da habe ich ihn umgebracht. Nicht wirklich, aber Lust hätte ich bestimmt gehabt.

Dan, das war mein böser Onkel, der sagte, ein männliches Wesen könne kein Mann sein, wenn es nicht im Krieg gewesen sei.

Aber ich hatte auch einen guten Onkel, meinen verstorbenen Onkel Alex. Er war der kleine Bruder meines Vaters, ein kinderlos gebliebener Harvard-Absolvent und ehrlicher Lebensversicherungsvertreter in Indianapolis. Er war belesen und klug. Und am meisten hatte er an anderen Menschen auszusetzen, daß sie es so selten merkten, wenn sie glücklich waren. Wenn wir also im Sommer unter einem Apfelbaum Limonade tranken, z. B., und faul über dies und das redeten und dabei fast schon summten wie die Bienlein, dann unterbrach Onkel Alex plötzlich das angenehme Geschwafel und rief aus: »Wenn das jetzt nicht schön ist, dann weiß ich nicht, was schön ist.«

Deshalb mache ich das jetzt auch, und meine Kinder und Enkel machen es ebenfalls. Und ich fordere euch dringend auf, es bitte zu merken, wenn ihr glücklich seid, und an einem bestimmten Punkt auszurufen oder zu murmeln oder zu denken: »Wenn das jetzt nicht schön ist, dann weiß ich nicht, was schön ist.«

*

Wir werden nicht mit Phantasie geboren. Sie muß von Lehrern, von Eltern entwickelt werden. Es gab eine Zeit, da Phantasie sehr wichtig war, weil sie die Hauptquelle der Unterhaltung darstellte. Wenn man im Jahr 1892 sieben Jahre alt war, las man eine Geschichte – eine ganz einfache Geschichte – über ein Mädchen, dessen Hund gestorben war. Wollt ihr da nicht weinen? Wißt ihr nicht sofort, wie diesem kleinen Mädchen zumute ist? Und dann las man eine andere Geschichte über einen reichen Mann, der auf einer Bananenschale ausrutscht. Wollt ihr da nicht lachen? Und dieser Phantasiekreislauf wird in eurem Kopf gebaut. Wenn ihr in eine Kunstgalerie geht, dann ist da ein Viereck mit Farbklecksen drauf, die sich seit Hunderten von Jahren nicht bewegt haben. Es macht keinerlei Geräusche.

Der Phantasiekreislauf ist darauf abgerichtet, auf den kleinsten Hinweis zu reagieren. Ein Buch ist eine Anordnung von dreißig phonetischen Symbolen, zehn Zahlen und etwa dreizehn Interpunktionszeichen, und die Menschen können sie betrachten und dabei den Ausbruch des Vesuvs oder die Schlacht bei Waterloo halluzinieren. Aber für Lehrer und Eltern ist es nicht mehr nötig, diese Kreisläufe zu bauen. Jetzt gibt es professionell produzierte Shows mit großartigen Schauspielern, sehr überzeugenden Dekorationen, Geräusch, Musik. Jetzt gibt es die *Datenautobahn*. Wir brauchen die Kreisläufe ebensowenig, wie wir wissen müssen, wie man Pferde reitet. Diejenigen von uns, denen Phantasiekreisläufe gebaut wurden, können jemandem ins Gesicht schauen und dort Geschichten sehen; für jeden anderen wird ein Gesicht nur ein Gesicht sein.

Und da habe ich gerade ein Semikolon gemacht und hatte euch doch zu Beginn gesagt, das solltet ihr nie tun. Ich habe das getan, um etwas klarzustellen. Nämlich: Mit Regeln kommen wir nur soundso weit, selbst wenn die Regeln gut sind.

Wer war der weiseste Mensch, den ich je im Leben kennengelernt habe? Es war ein Mann, hätte aber natürlich keiner sein müssen. Es war der Zeichner Saul Steinberg, der, wie alle anderen, die ich kenne, inzwischen tot ist. Ich konnte ihn alles fragen, dann vergingen sechs Sekunden, und dann gab er mir die perfekte Antwort, barsch, fast ein Knurren. Er war in Rumänien geboren, in einem Haus, wo, wie er sagte, »die Gänse zu den Fenstern hereinschauten«.

Ich sagte: »Saul, was sollte ich von Picasso halten?«

Sechs Sekunden vergingen, und dann sagte er: »Gott hat ihn auf die Erde gesandt, um uns zu zeigen, wie es ist, wenn jemand *richtig* reich ist.«

Ich sagte: »Saul, ich bin Romancier, und viele meiner Freunde sind Romanciers, noch dazu gute, aber wenn wir reden, habe ich immer das Gefühl, wir sind in zwei völlig verschiedenen Berufen tätig. Weshalb habe ich dieses Gefühl?«

Sechs Sekunden vergingen, und dann sagte er: »Es ist sehr einfach. Es gibt zwei Arten von Künstlern, und die eine ist der anderen nicht im mindesten überlegen. Aber die eine reagiert auf die bisherige Geschichte ihrer Kunst, und die andere reagiert auf das Leben selbst.«

Ich sagte: »Saul, bist du *begabt*?«

Sechs Sekunden vergingen, und dann knurrte er: »Nein, aber das, worauf man in jedem Kunstwerk reagiert, ist der Kampf des Künstlers oder der Künstlerin gegen seine oder ihre Grenzen.«

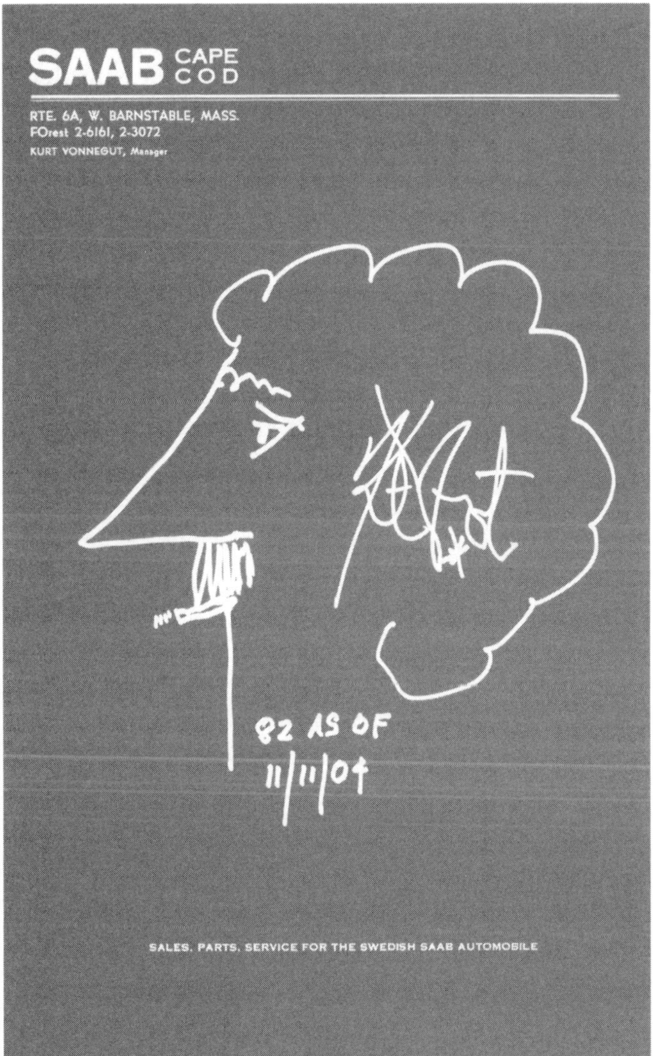
SAAB CAPE COD

RTE. 6A, W. BARNSTABLE, MASS.
FOrest 2-6161, 2-3072
KURT VONNEGUT, Manager

82 AS OF
11/11/04

SALES, PARTS, SERVICE FOR THE SWEDISH SAAB AUTOMOBILE

REQUIEM

The crucified planet Earth,
should it find a voice
and a sense of irony,
might now well say
of our abuse of it,
»Forgive them, Father,
They know not what they do.«

The irony would be
that we know what
we are doing.

When the last living thing
has died on account of us,
how poetical it would be
if Earth could say,
in a voice floating up
perhaps
from the floor
of the Grand Canyon,
»It is done.«
People did not like it here.

REQUIEM

Der gekreuzigte Planet Erde,
sollte er eine Stimme finden
und einen Sinn für Ironie,
könnte jetzt gut darüber,
wie wir ihn mißbraucht haben, sagen:
»Vergib ihnen, Vater,
Denn sie wissen nicht, was sie tun.«

Die Ironie wäre,
daß wir wissen,
was wir tun.

Wenn das letzte Lebewesen
unseretwegen gestorben ist,
wie poetisch wäre es,
wenn die Erde sagen könnte,
mit einer Stimme, die
vielleicht
vom Grunde
des Grand Canyon heraufkäme:
»Es ist vollbracht.«
Den Menschen hat es hier nicht gefallen.

MY
FATHER SAID,
"WHEN IN DOUBT,
CASTLE."

Mein
Vater sagte:
»Im Zweifel immer
Schloß.«

Bemerkung des Autors

Die ganzseitigen handgeschriebenen Aussagen, die überall in diesem Buch verstreut sind, »Kostproben, die man sich rahmen lassen kann«, wenn Sie so wollen, sind Abbildungen von Erzeugnissen der Firma Origami Express, einer Geschäftspartnerschaft zwischen mir und Joe Petro III, deren Hauptquartier Joes Mal- und Seidensiebdruck-Studio in Lexington (Kentucky) ist. Ich male oder zeichne Bilder, und Joe fertigt von einigen davon Drucke an, einen nach dem anderen, eine Farbe nach der anderen, mit Hilfe des zeitraubenden archaischen Seidensiebdruckverfahrens, das von fast niemandem mehr verwendet wird: Druckfarben werden durch Tücher auf Papier gequetscht. Dieser Prozeß erfordert so viel Präzision und ist so taktil, fast ballettös, daß jeder Druck, den Joe herstellt, ein eigenständiges Gemälde ist.

Der Name unserer Geschäftspartnerschaft, Origami Express, ist mein Tribut an die so überaus vielschichtigen Pakete, die Joe um die Drucke, die er mir zum Signieren und Numerieren schickt, herumpackt. Das Logo für Origami, das Joe entworfen hat, ist nicht sein Bild eines Bildes, das ich ihm geschickt habe, sondern das Bild eines Bildes von mir, das er in meinem Roman *Frühstück für starke Männer* gefunden hat. Es zeigt eine Bombe in der Luft, auf ihrem Weg nach unten, und diese Worte stehen auf der Bombe:

Goodbye
Blauer
Montag

Ich muß mehr Glück gehabt haben als die meisten anderen Menschen, denn ich überlebe nun schon seit viermal zwanzig plus zwei Jahren. Ich kann nicht mal damit anfangen zu zählen, wie oft ich schon hätte tot sein sollen oder wollen. Aber zum Besten, was mir je widerfahren ist, eine Gelegenheit, sich in aller Unschuld zu amüsieren, wie sie sich mit einer Wahrscheinlichkeit von eins zu einer Milliarde bietet, gehört, daß ich Joe kennengelernt habe.

Und so geschah's: Damals, im Jahre 1993, vor nun schon fast elf Jahren, war ich mit einer Vorlesung am 1. November im Midway College verplant, einer Frauenschule am Rande von Lexington. Lange vor meinem Auftritt bat mich Joe Petro III, ein Künstler aus Kentucky, der Sohn des Künstlers Joe Petro II (aus Kentucky), ein Schwarzweiß-Selbstporträt zu zeichnen, welches er dann in Form von Seidensiebdruck-Posters verwenden konnte, welche wiederum die Schule verwenden konnte. Ich machte das, und er machte das. Joe war damals erst siebenunddreißig, und ich war ein unreifer Hüpfer, süße einundsiebzig Jahre jung, noch nicht einmal doppelt so alt wie er.

Als ich dann zum Sprechen dorthin ging und so froh über die Poster war, erfuhr ich von Joe, daß er romantische, aber präzise Gemälde von der Tierwelt anfertigt und die dann zu Seidensiebdrucken verarbeitet. Er hatte an der Universität von Tennessee Zoologie im Hauptfach studiert. Ja, und einige seiner Bilder waren so ansprechend und informativ, daß sie als Propagandamaterial von Greenpeace verwendet wurden, einer Organisation, die, bisher mit dürftigem Erfolg, zu verhindern versucht, daß Arten, auch unsere, dadurch, daß wir so leben, wie wir jetzt leben, ermordet werden. Und Joe sagte mir sinngemäß, nachdem er mir das Poster und seine eigenen Arbeiten und sein Studio gezeigt hatte: »Warum machen wir das nicht weiter?«

Also haben wir das weitergemacht, und im Rückblick scheint es fast, als hätte Joe Petro III mir das Leben gerettet. Ich werde das nicht erläutern. Ich werde es dabei belassen.

Wir haben seitdem an mehr als zweihundert verschiedenen Bildern zusammengearbeitet, wobei Joe von jedem 10 bis 12 Exemplare herstellte, die ich dann signiert und numeriert habe. Die »Kostproben« oder

»Stickmustertüchlein« in diesem Buch sind für unser Gesamt-*œuvre* überhaupt nicht repräsentativ, sondern schlicht eben erst entstandene *jeux d'esprit*. Das meiste von unserem Kram sind von mir schamlos abgekupferte Klees und Duchamps und so weiter.

Und seit unserem ersten Treffen hat Joe andere dazu betört, ihm Bilder zu schicken, mit denen er dann das machen kann, was er so gern mit Bildern macht. Zu diesen gehören der Komiker Jonathan Winters, der vor langer Zeit Kunst studiert hat, und der englische Zeichner Ralph Steadman, zu dessen Leistungen die angemessen grauenerregenden Illustrationen zu Hunter Thompsons *Fear and Loathing*-Büchern gehören. Und wegen Joe haben Steadman und ich uns kennen- und mögengelernt.

Ja, und letzten Juli (2004) war eine Ausstellung von Joes und meinem Zeug, von Joe arrangiert, im Indianapolis Art Center in meiner Geburtsstadt. Dort hing aber auch ein Gemälde von meinem Architekten- und Maler-Großvater Bernard Vonnegut und zwei von meinem Architekten- und Maler-Vater Kurt Vonnegut sowie je sechs von meiner Tochter Edith und meinem-Sohn-dem-Arzt Mark.

Ralph Steadman hörte von Joe von dieser Familienausstellung und schickte mir ein Gratulationsbriefchen. Ich schrieb ihm folgendermaßen zurück: »Joe Petro III hat ein Familientreffen von vier Generationen Vonnegut in Indianapolis arrangiert, und seinetwegen kommen Du und ich uns vor wie Vettern ersten Grades. Könnte es sein, daß er Gott ist? Wir könnten es schlechter treffen.«

War natürlich nur Spaß.

Taugen die Bilder von Origami überhaupt was? Also, ich habe den inzwischen bedauerlich toten Maler Syd Solomon gefragt, meinen viele Sommer lang überaus angenehmen Nachbarn auf Long Island, wie man ein gutes Bild von einem schlechten unterscheidet. Er hat mir die befriedigendste Antwort gegeben, die ich je zu hören hoffe. Er hat gesagt: »Sieh dir eine Million Bilder an, dann machst du nie einen Fehler.«

Ich habe dies meiner Tochter Edith weitererzählt, einer professionellen Malerin, und sie fand das ebenfalls ziemlich gut. Sie sagte, sie kann »auf Rollschuhen durch den Louvre fahren dabei ›Ja, nein, nein, ja, nein, ja‹ und so weiter sagen«.

Okay?

Glossar des Übersetzers

16 Auf Anfrage schrieb KV dem Übersetzer: »Feuerwehrleute tragen rote Hosenträger, damit ihnen die Hosen nicht rutschen. George Washington wurde neben einem Hügel beerdigt, weil er tot war. Willst Du mich verarschen? Hast Du die Antworten wirklich nicht gewußt?«

21 Und zum Thema Franklin-Ofen: »Ben Franklin hat in der Tat einen Ofen erfunden, heute immer noch beliebt, einen gußeisernen Kasten auf vier Füßen und mit Türen nach vorn. Außerdem hat er einen *flexiblen* Katheter erfunden, für den wir beide ihm dankbar sein sollten.«

22 Alfred Lord Tennyson (1809–1892), Hofdichter, schrieb 1854 unter dem Eindruck eines britischen Selbstmordunternehmens im Krimkrieg *The Charge of the Light Brigade*, eine Hymne auf den Kadavergehorsam. Die Zeile »Some one had blundered« (»Jemand hatte Mist gebaut«) wurde 1855 gestrichen und später wieder eingesetzt.

Wichtig ist, daß pariert wird: »Their's not to make reply, / Their's not to reason why, / Their's but to do and die.« (Etwa: »Ihr's ist es nicht zu fragen, / Ihr's ist es nicht zu klagen, / Ihr's ist's, Tod zu ertragen.«)
Wurde 1936 von Raoul Walsh praktisch ohne die wichtige Zeile verfilmt und 1968 noch einmal von Tony Richardson, diesmal mit Zeile und richtig toll.

48 Rush Hudson Limbaugh III (*12.1.1951 Cape Girardeau, Missouri) hat eine rechtsreaktionäre, wild homophobe und entsprechend erfolgreiche Talkshow auf Mittelwelle. Wenn man ihm sachliche Fehler nachweist, gibt er zu bedenken, er sei kein Journalist, sondern Entertainer.

68 Emma Lazarus (1849–1887) schrieb das Gedicht, das 1883 in den Sockel der Freiheitsstatue gemeißelt wurde:

Give me your tired, your poor,
Your huddled masses yearning to breathe free,
The wretched refuse of your teeming shore,
Send these, the homeless, tempest-tost to me:
I lift my lamp beside the golden door.

(Gebt mir, was arm, erschöpft, kaum lebt, / Geduckte Masse Mensch, die atmen will voll Gier, / Was abfallgleich an Wuselküsten klebt, / Schickt Heimatlose, Sturmgebeutelte zu mir: / Beim gold'nen Eingang sich mein Lämpchen hebt.)

74 Die Blaudrosseln könnten u. a. auch Wachholderdrosseln, Krammetsdrosseln, Krammsvögel, Kranets- oder Kranvitsvögel, Kranabeter, Blauziemer, Zeumer, Schomerlinge, Schackern, Beinaukas, Kromawetter, Zierlinge, Schnärren oder Schnurren oder Reckholdervögel sein, wenn man erstmal nachschlägt.

104 KV: »Bill O'Reilly ist ein einschüchternder, selbstgerechter Fernsehnachrichtenkommentator in unserem rechtesten Sender, für den die Bush-Regierung und die Amtswalter unserer Großfirmen unfehlbar sind. Er wird gehaßt und lebt davon sehr auskömmlich.«

113 Jerry Springer: Moderator (eher Einpeitscher) einer Fernseh-Talkshow, in der die Verdammten dieser Erde aufeinander losgelassen werden. Seine Gäste werden in verschiedenen Hotels untergebracht, damit sie sich erst während der Aufzeichnung an die Kehle gehen. Gibt es bei uns inzwischen auch.

148 »Sie machen die besten Uhren. Warum sollten sie denn nicht auch die besten Autos machen?« Es ist dem Amerikaner nicht gegeben, *Swiss* von *Swedish* zu unterscheiden, weshalb sich Schweden wegen ihrer Uhren und ihrer Schokolade loben und Schweizer wegen Ingmar Bergman tadeln lassen müssen.

Die deutsche Übersetzung folgt – wie das amerikanische Original – weitgehend der überkommenen Rechtschreibung.

Die Originalausgabe erschien 2005 unter dem Titel
»A Man without a Country« bei Seven Stories Press, New York.

2. Auflage 2006

Lektorat: Ulrike Gallwitz
Umschlaggestaltung: HildenDesign, München
Gesetzt aus der Bembo
Satz: Greiner & Reichel, Köln
Druck und Bindung: Druckerei Pustet, Regensburg
Printed in Germany
ISBN 3-86612-077-X

Rebecca Solnit

Hoffnung in der Dunkelheit
Unendliche Geschichten,
wilde Möglichkeiten

208 Seiten. Gebunden.
€ 16,80 / sFr 29,90
ISBN 3-86612-059-1

Eine Veränderung hin zu mehr Freiheit, Menschlichkeit und Demokratie ist möglich, auch in Zeiten, die von Globalisierungsangst und Terror geprägt sind. Die profilierte Kulturhistorikerin Rebecca Solnit richtet ihren Blick auf die positiven Veränderungen der letzten Jahrzehnte und zeigt, dass es immer Grund gibt zu hoffen – und zu handeln. Ein visionäres Buch, das Mut macht.

»Solnit ist die, die Susan Sontag geworden wäre, hätte Sontag nicht Kalifornien gegen Manhattan eingetauscht.«
San Francisco Chronicle

Pendo Verlag GmbH & Co. KG
Postfach 401540 | D-80715 München
Fon +49 (0)89 - 7 00 76 88-0
Fax +49 (0)89 - 7 00 76 88-9
www.pendo.de | www.pendo.ch